Àlex Planelles
3er C d'E.P.

BAT PAT

LES ESGARRIFOSES AVENTURES DE BAT PAT

Estrella Polar
Col·lecció: Bat Pat

Projecte editorial de Marcella Drago i Chiara Fiengo
Textos de Roberto Pavanello
Projecte gràfic de Laura Zuccotti i Gioia Giunchi
Il·lustracions de Blasco Pisapia (dibuixos) i Pamela Brughera (color)

Títol original: *Il drago asmatico*, *Il cavaliere arrugginito*
Traducció de David Nel·lo
Adaptació de la portada de Tamara Sánchez, Departament de Disseny del Grup 62

www.estrellapolar.cat
info@estrellapolar.cat

Primera edició: novembre del 2009

Fotocomposició: Víctor Igual
Impressió: Egedsa S.A.
Dipòsit legal: B. 38.387-2009
ISBN: 978-84-9932-021-2

BAT PAT

LES ESGARRIFOSES AVENTURES DE BAT PAT

Textos de Roberto Pavanello

Estrella Polar

Hola... sóc Bat Pat, el vostre amic ratpenat!

Sabeu a què em dedico?
Sóc escriptor i la meva especialitat
són els llibres de por: aquells que parlen
de bruixes, fantasmes, cementiris...
Ara bé, us he de confessar un secret: sóc
una mica espantadís, però això no m'impedeix
resoldre misteris i viure un munt d'aventures.
Esteu a punt?

Us presento els meus amics...

Rebecca

Edat: 8 anys
Característiques particulars: li encanten les aranyes, les serps, els ratolins, els gripaus...
El punt feble: quan està nerviosa és millor no molestar-la
Frase preferida: «Espavileu-vos, dropos!»

Martin

Edat: 10 anys
Característiques particulars: reflexiu i intel·lectual
El punt feble: cap (o això és el que diu ell...)
Frase preferida: «Un moment, estic rumiant...»

Leo

Edat: 9 anys
Característiques particulars: no tanca mai la boca
El punt feble: tot li fa por!
Frase preferida: «I si mengéssim alguna cosa?»

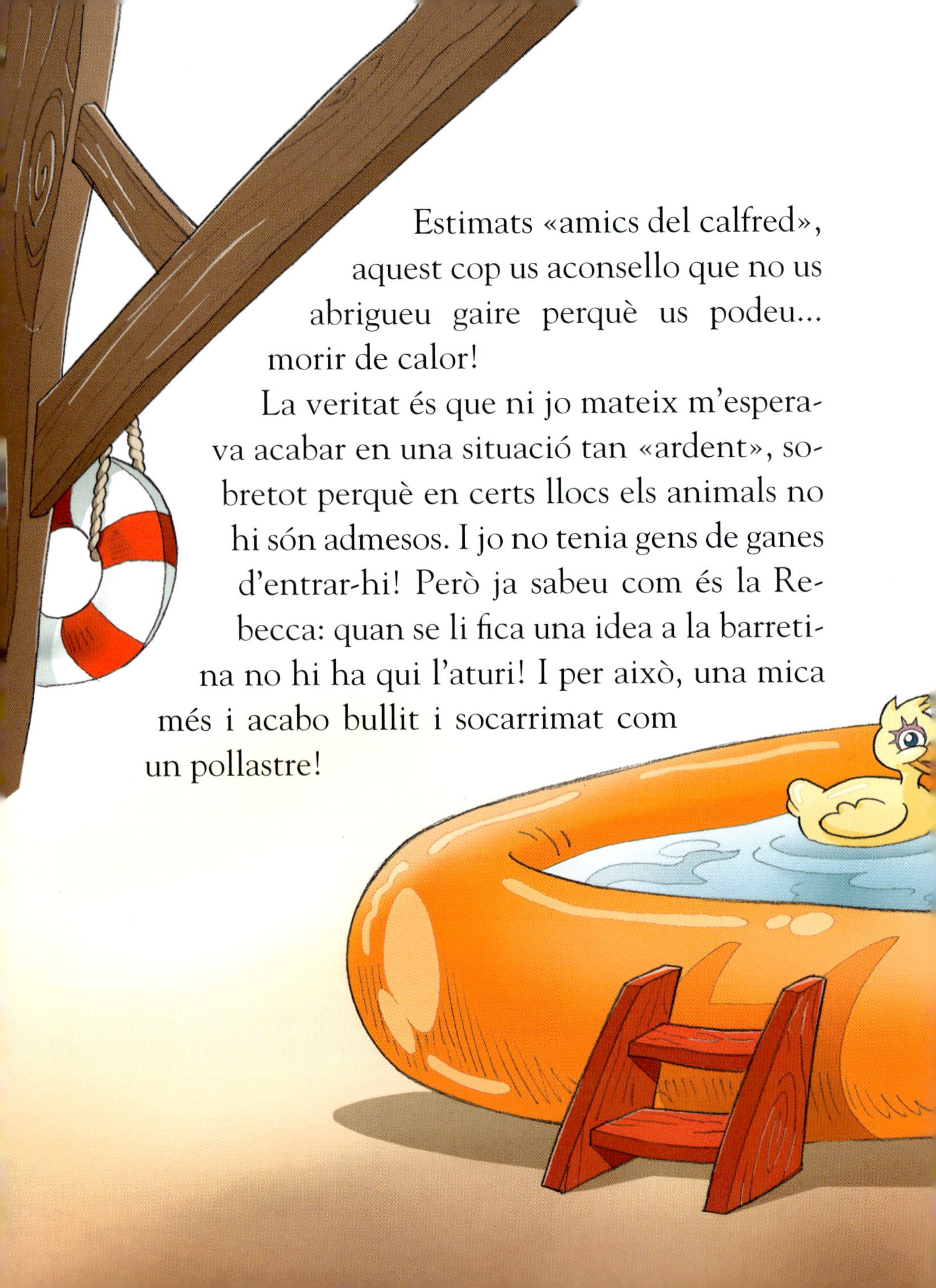

Estimats «amics del calfred», aquest cop us aconsello que no us abrigueu gaire perquè us podeu... morir de calor!

La veritat és que ni jo mateix m'esperava acabar en una situació tan «ardent», sobretot perquè en certs llocs els animals no hi són admesos. I jo no tenia gens de ganes d'entrar-hi! Però ja sabeu com és la Rebecca: quan se li fica una idea a la barretina no hi ha qui l'aturi! I per això, una mica més i acabo bullit i socarrimat com un pollastre!

Hauria valgut més que m'hagués quedat penjat de cap per avall a les meves golfes i que hagués esperat que els Silver tornessin de Prescott, però el cert és que no hauria pogut explicar-vos una aventura «candent» com la que esteu a punt de llegir. Au, va, què espereu? Passeu la pàgina!

ESCOPINADES ALS ULLS

A hores d'ara us deveu estar preguntant on és, això de Prescott.

Jo també ho vaig descobrir el vespre que el senyor Silver va tornar a casa amb una novetat sensacional.

L'hora de sopar és l'estona més animada del dia a cals Silver. La senyora Silver cuina els seus requisits, tothom explica com ha anat el dia i el Leo endrapa que fa por.

Però aquell vespre fins i tot ell es va quedar

amb la forquilla suspesa a mig aire quan el seu pare va anunciar el següent:

—Aquest cap de setmana us portaré a tots a les termes de Prescott!

—On? —va barbotejar el Leo escopint-me un grumoll d'ou a l'ull.

—A Prescott: és un poble molt bufó i famosíssim pels seus balnearis, a una cinquantena de quilòmetres de Fogville. I sabeu qui és el director de les termes?

—Un vellet amb atacs de reuma? —va bromejar el Leo escopint-me a l'altre ull.

—Vas errat, noi! La meva cosina Meredith! És ella la que ens convida tots cinc a anar-hi.

—Quina il·lusió! —va exclamar entusiasmada la senyora Silver—. Què us sembla, nois?

—Per mi, perfecte —va respondre el Martin.

—Home, si la teca està bé... —va precisar el Leo.

La Rebecca, en canvi, va arrufar el nas i va preguntar:

—Has dit tots cinc?

—Sí, és clar, tots cinc —va confirmar el papa—. Tota la família Silver!

—I això vol dir que el Bat no hi compta?

—La veritat és que no ho sé. No he pensat a preguntar-ho. Però no crec que admetin animals, en unes instal·lacions termals.

—Cap problema! —vaig intervenir jo perquè no es preocupessin—. Em puc quedar a cas...

—Ni parlar-ne! —va saltar la Rebecca—. Si no ve el Bat, jo tampoc.

Tothom coneix prou bé la Rebecca per saber que no canvia d'idea així com així. Per això, el senyor Silver va resoldre la situació de manera elegant tot dient:

—Està bé. Doncs hi anirem tots sis. Potser al Bat també li anirà bé una petita cura termal.

La Rebecca em va somriure tranquil·litzada. Vaig esforçar-me per tornar-li el somriure, però la veritat és que estava amoïnat. Abans que res perquè em trobava la mar de bé i no necessitava cap mena de «cura». I a més a més, tot i que no tenia ni la més petita idea de què eren les termes, el meu sisè sentit em deia que no feia gens per a ratpenats!

BASTONADES PER A TOTHOM

Vaig començar a ensumar embolics així que va ser hora de fer l'equipatge.

—No, gràcies! —vaig dir a la Rebecca, que insistia perquè m'emprovés un banyador passat de moda de color verd i rosa—. I, a més, ja saps que detesto l'aigua!

Finalment vaig saber que a les termes hi ha molta aigua i que a sobre està calenta. I que la major part de la cura consisteix a passar-se hores en remull, com una gallina en el brou!

A l'últim vaig haver de cedir: a part del color, el banyador m'anava com un guant.

Ja us podeu imaginar els comentaris del Leo:

—Amb una perruqueta rossa quedaries perfecte!

—Ei, però a la piscina sí que no hi penso anar —vaig protestar—. Això que quedi ben clar!

No m'imaginava que el problema ni tan sols es plantejaria, un cop feta la coneixença de la cosina del senyor Silver: Meredith Staff, la directora general de les termes de Prescott.

Estava roncant com un beneit a la part de darrere del cotxe quan enmig de somnis vaig sentir una veu que deia: «Ja hem arribat!». Les manetes delicades de la Rebecca em van ficar a la seva motxilla. Per sort, perquè la trobada amb aquella cosina va ser més aviat inquietant!

—Estimaaat cosí! —va exclamar amb una veu estrident mentre ens donava la benvinguda a l'entrada del vell edifici de les termes—. Quina alegria tornar-te a veure després de tant de temps!

Era alta, seca, i duia una mena de triple monyo i una batuta de director d'orquestra a la mà. La seva, però, era daurada.

—M'equivoco —va continuar tot donant-li copets amb la baqueta— o t'has engreixat una mica?

—No, on vas a parar! Estic molt en forma! —va respondre el senyor Silver mentre es palpava la panxa sorprès—. Gràcies un cop més per la invitació. Però permet-me que et presenti la meva família...

La cosina es va abaixar les ulleretes, també daurades, damunt del gros nas de lloro i va passar revista als Silver com si fos un general davant la tropa.

—Recordes la meva esposa Elisabeth?

—Sí, i tant, però aleshores no estava tan rodoneta. Deu quilets menys, estimada, i tornaràs feta una model (ja us podeu imaginar la cara de la senyora Silver!).

—I aquests són el Martin, el Leo i la Rebecca.

—Em podeu dir tieta, estimats meus —va somriure ella mentre els observava com si fossin insectes.

—Menys llibres i més exercici, jovenet! —va sentenciar tot dirigint-se al Martin.

—Un autèntic desastre! —va dir al Leo, apuntant-lo amb la vareta sota la papada—. Amb tu ens haurem d'arromangar i pencar de valent, jovenet!

La Rebecca va ser l'única que va rebre un compliment («Estàs perfecta, filla meva! Continua així»), la qual cosa la va empènyer a fer la pregunta que jo volia evitar:

—Perdona'm, tieta Meredith, s'admeten animals, a les termes?

La tia es va girar feta una fúria:

—Espero, maca, que ho diguis de broma, oi?

Després va clavar els ulls sobre els altres i amb un to que no admetia rèpliques va manar:

—Ara podeu anar a l'hotel a deixar l'equipatge. Esteu registrats a nom meu. D'aquí a mitja hora exacta us vull a tots cinc aquí. Com a màxim! —I es va allunyar fent grans gambades per l'entrada de l'establiment. Ens vam quedar tots de pedra picada (fins i tot jo, que dins de la motxilla ja em sentia com si fos a la sauna!).

—Pit i fora, fills meus! —va intervenir el senyor Silver en un intent de remuntar la moral—.

Sembla una mica esquerpa, però, creieu-me, té un cor d'or!

—Sí, sí —va observar la Rebecca—, d'or com la seva vareta!

CALCES A LA CENTRIFUGADORA

Mitja hora més tard ja havíem tornat. La tia ens va mostrar els vestidors, d'on vam sortir amb els banyadors posats i barnús. (La Rebecca em va fer posar aquell ridícul banyador i després em va ficar a la motxilla.)

—Començareu —va dir la tia Meredith donant-se copets de vareta al palmell de la mà esquerra— passant de la piscina d'aigua freda a la tèbia i a la calenta dues o tres vegades. Aleshores, alguns minuts de sauna, després passarem

sota la cascada glaçada i deu minutets d'hidromassatge. Per acabar, un quart d'hora a la nostra Gruta dels Esbufecs!

—Gruta dels Esbufecs? —va preguntar el Martin, a qui les ulleres ja se li havien començat a entelar abans de començar. (Era per culpa de la humitat del local o més aviat es tractava d'un senyal d'embolics a la vista?)

—És, sens dubte, l'atracció més espectacular de les termes de Prescott! —va explicar ella—. Això és el que les fa famoses a tot el món. No se sap exactament de quina profunditat de la muntanya provenen aquests vapors balsàmics, però podeu estar segurs que després de tres cops allà dins us sentireu... renéixer!

—Així ho espero —va comentar el Leo—, perquè ara com ara m'estic morint de calor...

—Aquesta no és l'actitud adequada, jovenet! —el va renyar la tia, apuntant-li la panxa amb la vareta—. I a més, tu no seguiràs el programa estàndard. El que tu necessites és una cosa una mica més «agressiva». Vine amb mi!

El Leo se la va mirar esmaperdut i va provar de protestar. Però la tia ja havia canviat de tema:

—Rebecca, pots deixar la motxilla als vestidors. Amb el barnús ja en tens prou.

Aquella ordre peremptòria va ser la meva salvació! La Rebecca em va tornar enrere, però, abans de deixar-me, em va dir:

—Sobretot, no surtis d'aquí! I no et fiquis en embolics! Entesos?

Ficar-me en embolics, jo? Que en faig la cara? Ara bé, un minut més dins d'aquella motxilla i se m'hauria fos el cervell! Per això vaig decidir sortir a fora, però just en el moment en què dues velletes entraven als vestidors: així que van veure davant seu un ratpenat amb calces roses i verdes, van començar a xisclar aterrides!

Van arribar corrents un parell d'encarregats, però aleshores jo ja feia estona que m'havia allu-

nyat. Vaig voleiar durant un parell d'hores, amunt i avall, mentre observava la gent que suava, es cansava, patia per posar-se en forma, i vaig pensar que els animals tenim molta més sort que les persones! A l'últim vaig anar a refugiar-me en un conducte d'aire condicionat. Em pensava que allà estava segur fins que, de sobte, un tornado bullent em va escopir en una piscina circular, on l'aigua girava en un remolí rapidíssim. Per totes les mosquetes mortes! Vaig girar en rodó almenys quinze vegades abans que no em pogués aferrar a algun lloc per salvar-me d'aquella centrifugadora. Em vaig refugiar en un racó amagat i tranquil. A pocs metres d'allà, dos paios, convençuts que ningú no els sentia, tenien una conversa d'allò més curiosa...

TOT ESPIANT ELS ESPIES

Vull que m'ho repeteixis per última vegada, Bob: nosaltres qui som?

—Som els encarregats de la neteja, director.

—I què hem vingut a fer?

—A... netejar les termes?

—Aquesta és la nostra tapadora, capsigrany! El nostre veritable objectiu és...

—La Gruta dels Esbufecs! Ara me'n recordo!

—Molt bé, nano! Ara ens ficarem a la gruta.

I mentre fem veure que la netegem, què farem?

—Ens morirem de calor?

—No i no, cap de trons! Estarem molt a l'aguait i buscarem... allò que tu saps! Ho has entès?

—Em penso que sí, director...

El senyor mostatxut i el jovenet amb granota blava que vaig entreveure passar, no tenien un aspecte gaire sospitós, però les seves intencions no semblaven gens bones. Mentre esperava poder-ho explicar als meus amics, vaig decidir seguir-los pel passadís, amb un vol rasant i enganxat al sostre. Arribats a l'entrada de la Gruta dels

Esbufecs, van mirar al seu voltant abans d'entrar.

I jo, desobeint totes les recomanacions de la Rebecca, també hi vaig entrar. Em vaig trobar a l'interior d'un espai mal il·luminat amb centenars de puntets vermells que s'encenien i s'apagaven, mentre uns núvols de vapor calent arribaven a onades i omplien la gruta d'una boira humida. El rítmic soroll de fons feia pensar que tot plegat estava regulat per una grossa manxa. Una manxa més aviat defectuosa, a dir veritat, si s'ha de jutjar pels xiulets intermitents que emetia! Hauria sigut un

lloc ideal per a mi, però l'aire era massa calent i em va començar a rodar el cap. Sons i ultrasons!

Havia de fugir abans que em desmaiés! Vaig trobar la sortida a les palpentes i vaig abocar-me al passadís en el mateix moment que passava la Rebecca.

—Què hi fas, aquí? —em va renyar—. Que no t'havia dit que no et moguessis dels vestidors?

—Ja ho sé! Però és que no podia deixar escapar... aquells dos paios horribles.

—Però de qui parles?

Estava a punt de respondre-li quan del fons del passadís va aparèixer algú que semblava una mala còpia del... Leo! Era possible que aquell ésser tentinejant, pàl·lid i suat fos el meu amic panxacontent?

Va alçar una mà per saludar-nos i abans que poguéssim fer res, va caure panxa a terra, llarg com era, i la patacada va fer un soroll de bistec a la planxa. Després es va posar a moure braços i cames com si nedés braça. No era que s'hagués tornat boig. Només es tractava de la primera sessió que havia tingut amb la tia Meredith!

TISANES I MARXES MILITARS

En condicions normals, és a dir, amb la nevera a l'abast, el nostre Leo s'hauria refet al cap d'una hora. Però aquell vespre, al menjador de l'hotel, vam assabentar-nos que el menú també havia estat disposat per la tia Meredith en persona.

—I no conté carn vermella, ous, formatge, crema, salses ni, sobretot, res de fregits i dolços! —va explicar el cambrer, amb uns bigotis acabats en punta i corbatí negre, que s'encarregava de la nostra taula.

El Leo una mica més i no cau de cul.

—En comptes d'això —va prosseguir el cambrer, impertèrrit—, menjareu aliments integrals, grans quantitats de fruita i verdura, i tisanes depuratives. Quan marxeu d'aquí us sentireu...

—... destrossats! —va concloure el Leo amb un filet de veu mentre mirava amb tristesa una amanida llastimosa que jeia al seu plat.

Va ser un sopar trist i silenciós.

Immediatament després, els senyors Silver van pujar a l'habitació.

Vaig decidir que potser aquell era el moment més adequat per parlar de les meves descobertes.

—Avui he interceptat dos espies que volten per les termes...

—Espies? —va preguntar el Martin tot alçant

els ulls del seu pastisset d'ortigues—. N'estàs segur?

—Seguríssim! —vaig respondre.

—Au, amolla! —em va dir la Rebecca, que tenia a la mà un suc de garrofes tibetanes.

Vaig explicar-ho tot: la conversa dels dos paios sospitosos i com els havia seguit fins a la gruta.

—Us sembla que n'hauríem de parlar a la tia? —va preguntar el Leo mentre ensumava amb fàstic la seva tisana de fenc dels Carpats.

—A mi em sembla que no —va respondre el Martin—. Almenys fins que no sapiguem quina una en porten de cap, aquells dos. Mentrestant ens cal estar a l'aguait. Tu t'hi veus amb cor, Bat?

—No, gràcies: en aquella gruta esgarrifosa jo no hi penso tornar més!

No s'hi clissa res, allà dins, i a més no puc ni respirar!

—No hi ha cap problema —va intervenir el Leo, que havia recuperat la seva empenta—. Tinc el que necessites!

L'endemà encara va ser pitjor. Una horrible marxeta militar ens va fer saltar del llit a dos quarts de set! A la senyora Silver una mica més i no li agafa un atac d'histèria. Jo em vaig amagar sota el llit del Martin, i el Leo es va posar dret d'un salt cridant:

—Em rendeixo!

Però un cop vam haver entès que es tractava d'una crueltat més de la tia Meredith, tots ens vam calmar. Vam baixar resignats a esmorzar. Davant dels deu grans de raïm, unes llesquetes de pa integral i una tassa de poniol depuratiu, el Leo va esclatar en grans sanglots. Després va fer el cor fort i ho va encarar tot com un home de debò!

Jo tenia moltes ganes de tornar a l'habitació a

clapar una estona més, però com sempre deia la meva besàvia Esliguença: «Qui no fa costat als companys, es mereix un i molts danys!». I jo era massa amic de la família Silver per deixar-los a l'estacada.

Davant del balneari encara tancat ja ens esperava impacient la indomable tia Meredith, que anava donant copets de vareta al palmell de la mà.

—Coratge, macos! —va xisclar engrescada—. El món és dels matiners!

Abans de separar-nos, el Leo va fer una mena de testament:

—Adéu, amics meus! Si no tornés, deixo l'ordinador al Martin, els còmics a la Rebecca i la meva provisió de patates fregides picants al Bat!

—Gràcies, Leo —vaig respondre emocionat des de la motxilla de la Rebecca—, però em sembla que no caldrà, ja veuràs. Per cert, m'has dut aquella cosa per a la Gruta dels Esbufecs?

—Aquí la tens! —va fer satisfet mentre m'entregava una bossa groga—. Posa-te-la abans d'entrar-hi i bona sort!

Jo també hauria volgut desitjar-li sort, però no hi vaig ser a temps.

EL CAP DEL BORINOT

Trobar els meus dos «espies» va ser un joc. Els vaig enxampar en un passadís secundari, mentre feien veure que netejaven uns lavabos, i, en canvi, el que havien aconseguit era inundar-los.

—Però què hi tens al lloc del cervell, Bob? Eh? Què vols, que ens descobreixin?

—Em sap greu, jo... la veritat... no volia... l'hi juro...

—Calla! La Gruta dels Esbufecs ens espera i no puc tolerar més errors. Au, afanyem-nos!

Vaig decidir que havia arribat el moment de posar-me la «cosa» del Leo. La vaig treure de la bossa groga i vaig reprimir un crit: semblava el cap d'un borinot enorme! Vaig llegir-ne l'etiqueta: VISOR AMB INFRAROIGS I MÀSCARA ANTIGÀS INCORPORADA.

Imagineu-vos la màscara de Batman amb dos ulls enormes i una espècie de trompa davant la boca! Me la vaig posar a contracor. Després vaig anar amb prudència cap a la Gruta dels Esbufecs i hi vaig entrar aguantant-me la respiració. Va ser una sorpresa de debò! Em vaig adonar que volava a través d'aquella espessa boira i que podia distingir cada detall, mentre que ningú no em podia veure a mi. Vaig agafar la primera alenada d'aire i em va

semblar fresca i... perfumada amb menta! El Leo és tot un geni!

També em vaig adonar que els punts vermells lluminosos guanyaven i perdien intensitat, sense apagar-se mai del tot. I que les bafarades de fum entraven a intervals regulars per tres grans obertures que hi havia arran de terra i produïen una mena de xiulet sufocat. No hi havia més de cinc persones en aquell moment, entre les quals els senyors Silver, que semblaven passar-s'ho bomba. Apartats en un racó, vaig distingir els dos «espies» mentre trescaven davant d'una porta damunt la qual hi havia escrit: ENTRADA RESERVADA AL PERSONAL. Amb l'ajuda d'un rossinyol van aconseguir forçar el pany. Tots dos van esperar una nova bafarada i quan la gruta va ser plena van desaparèixer darrere la porta. Ningú no es va adonar de res. Ningú menys jo. Em vaig llançar en picat. Vaig tenir el temps just de creuar la porta abans que la tanquessin silenciosament darrere seu.

Aquells dos devien estar convençuts que s'havien sortit amb la seva. No es podien ni imaginar que un ratpenat sapiens els estava espiant i que al cap hi duia un invent d'un noiet de nou anys!

La visibilitat allà darrere encara era més escassa, i el fum era molt dens i sufocant. A més, el buf de les màquines que devien bombar l'aire a la gruta era impressionant. El meu sonar em deia que al ventre d'aquella muntanya s'hi obria un laberint molt intricat, fet de passatges i galeries. Era com un tros immens de formatge gruyère!

Vaig començar a notar un lleuger cangueli, però els meus amics confiaven en mi i jo confiava en la màscara del Leo i en el meu ratpenadesc sentit de l'orientació. Vaig fer com si no entengués els cartells que deien: ATENCIÓ! NO ENTREU EN AQUESTA ZONA TOTS SOLS, i em vaig envalentir. Un feix de llum d'una llanterna va il·luminar la gran galeria on havíem entrat. Tots dos van anar en aquella direcció i jo els vaig seguir a una distància prudencial.

MORIR-SE DE GANA

D'ençà que vivia amb els germans Silver ja havia passat altres vegades que ens havíem hagut de separar per portar a terme alguna de les nostres missions. Però, millor o pitjor, sempre havíem aconseguit mantenir-nos en contacte amb algun dels invents del Leo. Aquest cop, en canvi, em vaig adonar que si em quedava atrapat allà dins amb aquells dos criminals, ningú no ho sabria. O potser ho haurien sabut massa tard. Quins calfreds de cangueli!

Vaig decidir que aquell no era el moment més indicat per ser pessimista i vaig prosseguir la meva peripècia.

El que no podia imaginar era que fora d'allà la família Silver acabava de rebre la primera bona notícia del dia: la tia Meredith els havia concedit a tots mig dia de llibertat!

—Així podreu admirar els voltants de Prescott —va dir—. Són magnífics, sobretot el bosc que hi ha darrere de les termes. En aquesta època de l'any està ple de maduixetes! A més, aquí fem un pastís deliciós.

—Pa... pastís? —va mussitar el Leo, amb la bava que li queia i les cames que li feien figa.

—Au, vinga, jovenet! —el va renyar amb un copet de vareta al cul—. No em diguis que n'hi ha prou amb una hora de bicicleta estàtica i mitja hora de massatges xinesos per quedar-te així!

—No! —va fer broma el Leo—. El que passa és que em penso que encara no he paït l'esmorzar d'aquest matí. Era una mica massa feixuc!

Fins i tot la tia Meredith no va poder aguantar-se una rialleta. Es va atansar al Leo i li va xiuxiuejar a cau d'orella—: I si et prometés un pastís de maduixetes de bosc tot per a tu, et sembla que t'interessaria, la cosa?

—Mmmm... m'ho he de rumiar —va insistir el Leo—. En el fons és molt divertit, això de morir-se de gana!

—Molt bé! —va concloure la tia tot seguint-li la veta—. Tu omple aquest cistellet de maduixes i deixa que jo faci la resta. Fa?

El Leo la va mirar fixament un instant. La tia li va fer l'ullet i es va tornar a posar seriosa.

—Trenqueu files! —va cridar—. El sopar és a

les set: aquest vespre hi ha espàrrecs al vapor i flam de mill!

—Quina meravella! —va cridar la senyora Silver. Però si hagués pogut, la seva resposta hauria estat ben diferent.

QUI S'ESCAPA DE QUI?

Els senyors Silver van ignorar el consell de la tia i van decidir quedar-se al cafè del balneari, llegint els diaris i bevent te (sense sucre!). En canvi, els seus fills van optar per anar al bosc ple de maduixetes (sobretot per la insistència del Leo!).

Un servidor, en canvi, que gràcies a la seva capacitat funambulesca d'escriptor crea la sensació de ser a tot arreu, en realitat encara es trobava a l'interior de la muntanya i continuava explorant allò desconegut, sempre darrere d'aquells dos paios.

Tenia la impressió que la temperatura pujava a mesura que avançàvem. I el soroll de la màquina semblava cada cop més present i el xiulet més agut. Però el que era estrany de debò era l'absència de qualsevol connexió o conducte: res de tubs, vàlvules, aixetes ni cables elèctrics! El vapor, cada cop més dens, corria lliurement per la galeria, empès per una força misteriosa. Ells, els dos malfactors, també intercanviaven mirades d'incredulitat i es preguntaven (com jo) cap a on anaven.

El Martin i la Rebecca també s'ho preguntaven mentre s'endinsaven cada cop més al bosc. El Leo els seguia, inspeccionant el terreny com un gos que cerca tòfones. A ell tan sols li interessaven les maduixetes. I si s'ha de jutjar per la cara que feia, vermell com un perdigot, en devia haver trobat un munt!

—Vinga, Leo —el va escridassar la Rebecca—, prou d'endrapar com un porc!

—Almenys aquí ningú no em diu quant puc menjar!

—Però així no aconseguiràs mai d'omplir el cistellet que t'ha donat la tia! —li va recordar el Martin.

—Que estàs de broma? Jo tinc el meu sistema: de cada cinc maduixes, quatre me les menjo i la cinquena la poso al cistellet. Ja gairebé en tinc la meitat!

—Quina llàstima que el Bat no sigui aquí amb

nosaltres! —va observar la Rebecca (ella sí que pensava en mi!)—. I si s'ha ficat en algun embolic?

—Qui? El Bat? Aquell té set vides, com els gats! —va replicar el Leo amb la boca plena.

—I a més, en quin embolic vols que es fiqui, en un lloc tan tranquil? —va constatar el Martin mentre mirava al seu voltant. En realitat no va veure gran cosa perquè, de cop i volta, se li van entelar les ulleres completament. El Leo i la Rebecca es van mirar sense badar boca: aquell sí que era el senyal inconfusible que hi havia embolics a la vista!

De fet, al cap de pocs segons, els germans Silver van sentir uns brams salvatges que provenien de la banda de la muntanya.

—Afanyem-nos, darrere d'aquells arbustos! —va manar el Martin amb la seva sang freda habitual.

—Sembla com si algú s'escapés d'algú altre... —va observar el Leo.

Un fort esgarip va sobresortir entre les veus de la llunyania.

La Rebecca es va quedar garratibada i va fer uns ulls com unes taronges:

—Però si és la veu del Bat! —va cridar.

EL RATLLADOR DE ROCS

I tant que era jo! I estava fugint a cent per hora! De què? És una mica complicat d'explicar. Val més que anem a pams.

Mentre el Leo era allà fora endrapant maduixes, jo continuava diligentment el meu pla. Al cap d'una estona va fer l'efecte que havíem arribat al final del recorregut, és a dir, al lloc on hi havia la poderosa manxa que alimentava els «esbufecs» de la gruta.

—Em penso que ja hi som, Bob!

—A mi també m'ho sembla, director...

D'una paret plena de forats es veia sortir potents bafarades de vapor, acompanyades dels xiulets d'una locomotora cansada, mentre alguna cosa incandescent s'encenia i s'apagava rítmicament. «Vet aquí l'explicació de la intermitència dels puntets vermells!», vaig pensar. La calor era gairebé insuportable, i tant ells dos com jo ens vam haver d'apartar. Així vam descobrir que del fons d'una galeria més petita es filtrava la claror del dia.

—Guaita, també he trobat la sortida! —va riure satisfet el director—. Vine, Bob, que és l'hora d'encendre les espelmetes!

—Espelmetes, director? No sabia que fos el seu aniver...

—L'explosiu, tros d'animal!

—Ah, sí, i tant! Les espelmetes

aquelles! Té un sentit de l'humor molt particular, vostè!

En efecte, l'homenàs va treure un parell de càrregues molt semblants a dues espelmes. Tant és així que se'n diuen... ciris! Ciris de dinamita! Aquells bèsties ho volien fer volar tot!

L'home mostatxut va tornar cap a la paret plena de forats i va col·locar els explosius, una mica pertot arreu, mentre el sapastre connectava una llarga metxa que va anar desenrotllant tot desfent camí cap a la sortida.

Un cop fossin fora l'encendrien i...

Per sort, però, un fet imprevist va modificar els seus plans: des d'un petit forat va aparèixer un animaló que no

era més gros que un cadell, que així que els va veure es va posar a bordar esverat i va córrer cap a la sortida. Gairebé al mateix temps, la llum vermella de la manxa es va apagar.

Davant de tot allò, aquell parell es van quedar embadalits durant un instant. —Ei, però alesho-res tenia raó, director...

—Que no t'ho havia dit? Atrapem-lo! —va cridar l'home mostatxut.

Van deixar la metxa i els explosius i es van posar a córrer darrere seu. I ara què els agafava, amb aquell animalet indefens? Fos com fos, jo no podia permetre que li fessin mal i per això vaig intervenir.

Vaig aconseguir fer-los anar més a poc a poc gràcies a l'eficaç número acrobàtic del «ratlla-dor», una tècnica extrema que em va ensenyar el meu cosí Ala Mosca, membre de la patrulla

acrobàtica: consisteix a volar de cap per avall sobre l'objectiu i mentrestant gratar el sostre amb les potes posteriors de tal manera que la pols que cau els encegui. Així, el Bob i el director van perdre alguns segons mentre es fregaven els ulls plens de pols, però amb això no n'hi va haver prou per aturar-los. Encara pitjor, es van adonar de la meva presència i em van començar a tirar rocs. Sons i ultrasons! Em vaig escapar esgüellant molt fort. El cadell, mentrestant, havia sortit a l'exterior. I des de fora vaig sentir algú que inesperadament cridava el meu nom:

—Baaat!

L'hauria reconeguda entre milers: era la veu de la Rebecca!

ES BUSCA CADELL PERDUT

Empès per la necessitat i el cangueli dels grossos, vaig aconseguir fer tres coses alhora:

1. Superar al vol la bestiola i dirigir-la cap als meus amics («Per aquí, menut, per aquí!», li vaig cridar per ajudar-lo).

2. Arribar fins als meus amics i dir-los el que havien de fer («Amagueu en un lloc segur el cadell que ve cap aquí! I si algú us pregunta res, vosaltres no sabeu de què us parlen!»).

3. Tornar dins la muntanya per fer desaparèixer els ciris de dinamita.

Aquesta va ser l'operació més simple, sobretot perquè l'interior de la muntanya s'havia quedat fred i buit. Tenia alguna cosa a veure amb aquell animaló? Em va semblar sentir una mena de soroll somort i una sèrie de planys, per això vaig recuperar la dinamita i vaig sortir com un llamp.

Un cop a fora em vaig apropar amb cautela als meus amics, que, tal com m'esperava, ja s'havien trobat amb aquells dos brètols.

—Hola, nois —els va saludar el director—. No haureu pas vist el meu cadellet de gos que s'ha escapat? Alguna cosa l'ha espantat i ha sortit corrents.

—Cadell? No, cap ni un! —va respondre el Martin—. Ens el podria descriure?

—Oh, era un cadell. Gros una mica més o menys així... de color fosc....

—I sense pèl! —va afegir convençut el Bob.

—Sense pèl? —va riure el Leo—. Que potser era un cadell de foca?

—No et vulguis passar de llest, nano! Aquell cadell me l'estimo molt. Bé, si el veieu feu el favor d'avisar-me a aquest número. Hi puc comptar? —va dir mentre allargava una targeta de visita als nois.

—I tant que sí! —va respondre la Rebecca amb un dels seus somriures ensucrats mentre seia

a terra i acariciava la seva motxilleta: la bestiola era allà dins i ella volia que estigués tranquil·la!

Els dos cafres van grunyir una mena de salutació i se'n van anar un altre cop cap a la muntanya. No podien sospitar que allà només hi trobarien la metxa!

—De pressa, allunyem-nos d'aquí! —vaig dir així que vaig ser una mica més a la vora.

—Ei, què hi portes entre les potes? —em va preguntar el Leo—. Canons de crema?

—És dinamita! Aquells dos estaven a punt de fer volar la muntanya!

—Què dius ara? I per què? —va preguntar incrèdul el Martin.

—Les explicacions les haurem de deixar per a més tard —vaig respondre simplement.

—Però jo encara no he pogut omplir el cistellet de maduixetes! —va protestar el Leo.

En aquell mateix instant la terra es va posar a tremolar, mentre un estrèpit espantós va retronar pertot arreu.

—Un terratrèmol! —va cridar el Leo i va tocar el dos.

El Martin, la Rebecca i jo el vam imitar de seguida. Però al cap de poc algú se'ns va avançar... Endevineu qui eren, oi? Els gamarussos de sempre, que semblaven molt més esverats que nosaltres mateixos!

—Director, és el que em penso que és? —va cridar el bordegàs.

—No ho sé! —va respondre l'altre—. Però tret que ho vulguis descobrir en carn i ossos, calla i corre!

Vaig tenir el temps just de girar-me per adonar-me que darrere nostre havia esclatat un desastrós incendi, mentre una ombra enorme ens passava per sobre.

MADUIXETES PER A GOSSOS

Abans d'arribar a Prescott vam veure el camió de bombers que es dirigia amb les sirenes a tot drap cap al bosc. Hi arribarien a temps?

Una mica més cap aquí, en canvi, ens esperava la segona sorpresa: una munió de clients molt neguitosos s'havia congregat davant les termes. Fins i tot hi havia un cotxe de la policia. Vaig pensar que valia més ficar-me a la butxaca del vestit de la Rebecca, mentre ella i els seus ger-

S.P.A.
S.P.A.
TERMES TANCADES PER FEINES DE MANTENIMENT

mans es dirigien cap a l'entrada. Un gros cartell escrit en vermell deia:

TERMES TANCADES PER FEINES
DE MANTENIMENT

El senyor Silver, que era a dins, així que ens va veure ens va fer entrar. Vam trobar la tia Meredith en ple atac d'histèria: caminava amunt i avall pel seu despatx, tot repetint sense parar: «No és possible!», «No pot ser veritat!», mentre el seu cosí intentava inútilment de calmar-la i un policia anotava alguna cosa en el seu bloc de notes.

—No t'ho prenguis així, dona! Ja veuràs com no és res greu!

—Res greu, dius? —el va envestir ella amb els típics copets amb la vareta daurada—. La Gruta dels Esbufecs s'apaga de cop després de cent cinquanta anys i tu em dius que no és res greu?

Sons i ultrasons! Vet aquí el que havia passat!

El meu primer pensament va ser per a aquells dos malfactors, però ara no era el moment d'aparèixer amb les meves revelacions.

Vaig haver d'esperar fins que vaig estar tot sol amb els germans Silver a la nostra habitació. Un cop allà, el primer que vaig fer va ser conèixer el tímid convidat que s'amagava a la motxilleta de la Rebecca, i que, malgrat la nostra insistència, no volia treure el morro fora. Tremolava com una fulla, el pobrissó!

Va ser el sisè sentit de la Rebecca per als animals el que li va suggerir la bona idea: les maduixetes del bosc!

—Adéu pastís! —va somicar el Leo, mentre el cadell es decidia a sortir a fora i, després d'haver ensumat malfiat el cistellet, començava a menjar de bon grat.

Però quina raça d'animal era *allò*? No es podia pas tractar d'un gos: la cua era massa grossa, no tenia orelles i, sobretot, on s'és vist que un gosset tingui escates i una cresta a l'esquena?

—Com és que aquells dos ganàpies estaven perseguint un ésser tan inofensiu? —va preguntar el Martin, que intentava fer encaixar les peces del puzle—. I, sobretot, per què volien fer volar pels aires les termes de Prescott?

—Potser és gent que odia la tia Meredith per algun motiu —va suggerir la Rebecca.

—Potser perquè els va fer seguir una dieta com la meva! —va bromejar el Leo.

—Ep, un moment! Podem saber qui són aquells dos! —va exclamar el Martin, que de sobte havia recordat que tenia la targeta de visita que li havia donat l'home mostatxut.

Se la va treure de la butxaca i la va llegir:

Doctor Mike Tarantola
director general
d'instal·lacions termals
de Bonless

UN «TURBO-RATPENAT»

Fent una petita cerca a Internet de l'emplaçament de l'hotel, el Leo va descobrir que les termes de Bonless es trobaven a menys de vint quilòmetres de les de Prescott, a l'altra banda de la muntanya.

—Hi ha una antiga rivalitat entre les dues termes —va explicar el Leo—: sobretot d'ençà que Prescott va descobrir la Gruta dels Esbufecs i les termes Bonless van començar a perdre pistonada. Algú, per fer-ho més gros o per embolicar la troca, va explicar que fa molt de temps un cavaller s'havia enfrontat i havia guanyat un drac que voltava per aquella zona i destruïa les collites i que, en comptes de matar-lo, l'havia tancat en una gruta profunda perquè escalfés, amb els seus esbufecs de drac, les aigües de les termes.

Des d'aleshores, milers de persones vénen per curar-se amb els esbufecs benèfics del drac presoner. Una publicitat molt ben trobada, tot s'ha de dir!

—I una raó més que suficient per explicar la malifeta d'aquells dos —va concloure el Martin—. Què us sembla si anem a sopar i després ja decidirem què fem?

—I el cadell? —es va preocupar la Rebecca—. Jo em puc quedar aquí amb ell.

—No. La mama vindria de seguida per veure què et passa. Val més que el deixem aquí.

El cadell, que ja havia començat a agafar confiança amb els seus nous amics, ens va mirar com

si ho hagués entès i es va ficar de nou a la motxilla tot ensumant amb entusiasme.

Vam baixar al menjador. Els senyors Silver ens van explicar que els encarregats ja havien comprovat tres vegades el sistema d'escalfament sense ser capaços de descobrir la causa de l'avaria, mentre la tia Meredith s'havia begut vint-i-cinc tasses de til·la i cada cop estava més histèrica.

—Perfecte! —es va plànyer el Leo mentre remenava la sopa de bledes—. Així demà s'esbravarà amb un servidor.

—No pateixis, fill meu —el va tranquil·litzar el seu pare—. Demà el balneari encara estarà tancat. La cosa va per llarg. Què et semblaria si anéssim a fer...

—Una volteta pel bosc? —se li va avançar el Martin—. Era justament el que havíem pensat. El Leo encara no s'ha fet passar les ganes de menjar maduixetes. Qui té mare, gran boca para!

I vam marxar sense donar-li temps de replicar.

La veritat és que no enteníem per què el Martin tenia tanta pressa, però alguna en duia de cap, perquè la qüestió és que quan vam arribar a la nostra habitació ja era massa tard: tot estava damunt davall i la bestiola havia desaparegut!

—Han sigut ells! —va cridar la Rebecca indicant-nos alguna cosa fora de la finestra—. Ens han seguit!

No cal que us digui qui eren «ells». Només us diré que en aquell instant un llampec va il·luminar el cel i que vam veure clarament com pujaven en un jeep. El director duia sota el braç un estrany farcell.

Si els ulls de la Rebecca haguessin pogut enviar llamps, aquells dos haurien acabat fulminats a l'instant. Tots la vam seguir fins a la sortida. Plovia a bots i barrals.

—Atureu-vos! —va cridar el Leo (que quan es tractava de córrer se les empescava totes per no cansar-se)—. Hi ha bicis per llogar a l'hotel!

Els germans Silver van agafar tres bicis de l'aparcament i van sortir disparats. Jo els vaig seguir al vol.

—Tu vés tirant, Bat! —em va manar el Martin—. A veure si pots descobrir cap a on van!

Son i ultrasons! En sentir aquelles paraules vaig posar el turbo a les meves ales i vaig desaparèixer com un míssil en la foscor de la nit.

COM DALT D'UN PORTAAVIONS

No va ser gaire difícil de veure que aquells dos es dirigien cap al bosc. Si jo recordava bé el mapa que el Leo havia baixat d'Internet, el camí menys transitat per a Bonless era justament aquell. Només tenia un problema: no estava asfaltat i, amb aquell aiguat, s'havia convertit en un pantà relliscós. I de fet, així que es van haver ficat al bosc, el nostre hàbil conductor Bob va anar a petar contra un avet gegant!

Quan vaig arribar-hi vaig trobar el jeep buit,

els fars encesos i les portes obertes: a dins no hi havia ningú, però les petjades eren ben identificables en el fang. No es podien allunyar gaire amb aquell temps, per això vaig decidir esperar que els germans Silver arribessin (per prudència i no pas per por, què us havíeu pensat?). En dos minuts ja vam tornar a ser tots plegats.

Tot just havíem començat a avançar, ben juntets darrere la superllanterna del Leo, quan un estrèpit semblant al d'aquella tarda ens va fer aturar. Més enllà de la capçada dels arbres vam veure una flamarada enorme que calava foc a les plantes dels voltants.

Per sort, la pluja

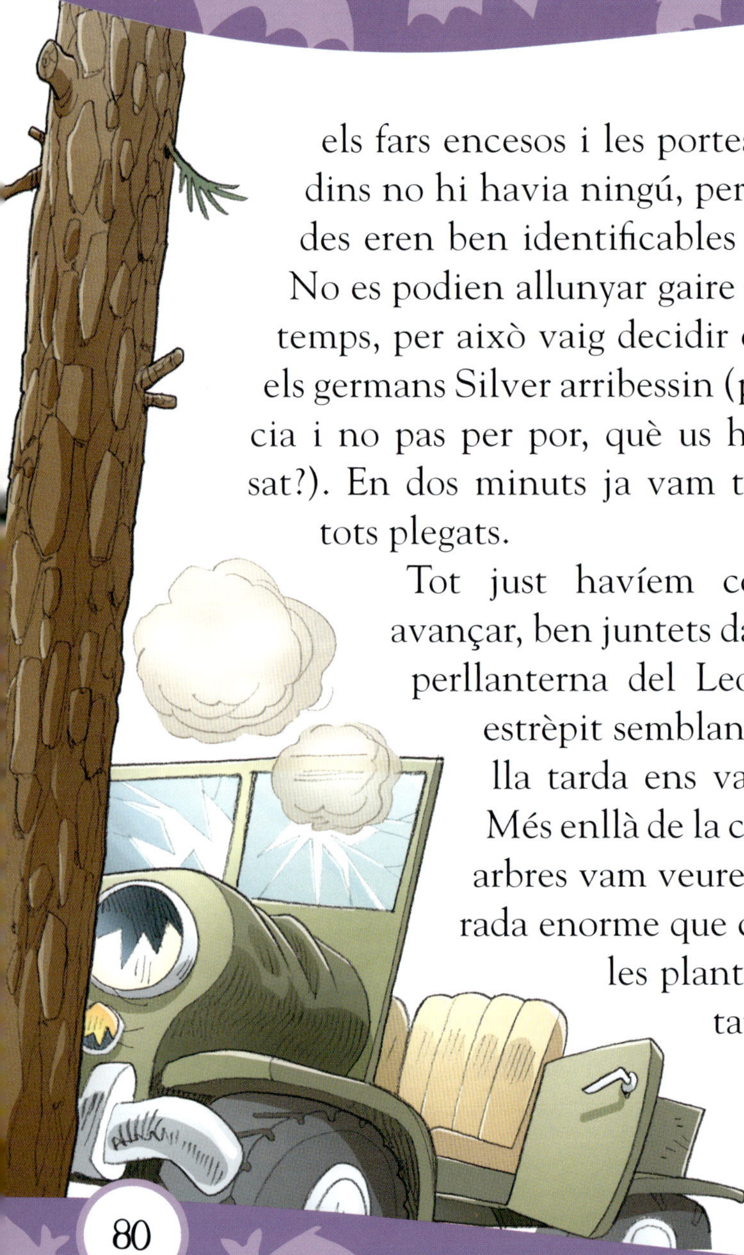

la va apagar de seguida. Però de la mateixa direcció ens van arribar uns brams d'algú que fugia horroritzat.

I qui podia ser sinó aquell parell de gamarussos? Era clar que fugien del foc, i quan els vam veure aparèixer completament ennegrits pel fum i amb la roba mig socarrimada, vam comprendre que l'havien passada negra.

—És el que m'imagino, director? —va cridar el bordegàs.

—No ho sé! —va respondre l'altre—. Però t'asseguro que no penso tornar enrere per comprovar-ho!

De nou vaig tenir la impressió que una silueta enorme enfosquia el cel.

Com que l'únic que volia era salvar-se, l'home mostatxut es va desempallegar del farcell que encara duia sota el braç i el va llançar pendent avall mentre

desapareixia cridant com un boig en la foscor del bosc, seguit del seu fidel còmplice i de l'ombra esborronadora.

—Agafa'l, Bat! —va cridar la Rebecca—. Salva el cadell!

Em vaig tirar en picat per atrapar el pobre farcell, que cada cop s'embalava més, rodolant i picant contra totes les plantes que es trobava al davant. De sobte el bosc es va acabar i va deixar pas a un pendent cobert d'herba. El meu sonar em va avisar que més enllà del pendent hi havia... un espadat!

«Quan tots et creuen perdut, tu t'alces i et quedes assegut!», em va dir un cop el meu besavi Viligelm. Vés a saber per què els consells dels meus avis sempre em vénen al cap en moments com aquests. Però aquella vegada va ser utilíssim, perquè així que vaig veure que el meu petit amic es precipitava cap a l'abisme, vaig fer una maniobra gairebé impossible que anomenaria «el paracaigudes».

Se'm va acudir en l'instant en què la roba del farcell es va desfer del cadell i em va volar a la cara. La vaig agafar amb les dents i, amb el més frenètics dels vols, vaig atrapar el menut. El vaig agafar ben fort per la cua amb les potes del darrere i vaig deixar obrir la roba mentre la sostenia amb les potes del davant. Després vaig confiar una mica en la sort. Tot va anar bé. La roba es va obrir com un paracaigudes i va frenar la nostra caiguda, que va acabar just al caire del penyasegat. El Martin em va explicar que dalt dels portaavions feien servir el mateix sistema per aturar els avions de caça.

BÈSTIES D'UNA ALTRA ÈPOCA

Semblava que els perills ja s'haurien acabat, quan del cel en va aparèixer un d'enorme: una ombra negra, grossa com un núvol, va planar cap a nosaltres emetent un rugit furiós! Triple cangueli dels grossos!

Vaig pujar fins al camí, on vam trobar el Leo molt espantat:

—Què era allò? —ens va preguntar ell també.

—No ho sé, però hem d'arribar a la muntanya! —va cridar el Martin—. Allà dins estarem segurs!

De moment em va semblar una bona idea. Després, però, va resultar que el remei va ser pitjor que la malaltia (per increïble que sigui, de vegades el Martin també s'equivoca...). Esbufegant vam arribar a l'entrada del passadís més

proper. Però el monstre negre va veure com ens esmunyíem cap dins i va enfosquir l'entrada amb el seu cap enorme. Va rugir un parell de vegades, va tossir sorollosament i després va marxar.

—De moment sembla que no hi ha perill —va dir esbufegant el Martin.

—Ja ho pots ben dir!! —va ironitzar el Leo—. Ben tancats aquí dins mentre la bestiota ens espera allà fora.

—El que necessitem és una altra sortida, Bat! —em va demanar el Martin sense escoltar el seu germà.

Tenia raó, però una cosa era dir-ho i l'altra, ferho. Davant nostre s'alçava una paret rocosa d'aspecte impenetrable: havíem anat a parar a un culde-sac! El meu sonar, però, m'indicava que més enllà de la paret s'obria un gran espai buit, però no sabia com podríem arribar-hi. Després, vés a saber per què, em va venir al cap aquella dita de la tia Briseida: «Si t'agafa la depressió, mira amunt i salta com un canó!», i se'm va encendre la bombeta! Em vaig enlairar cap al sostre tot desapareixent en la foscor, fins que vaig descobrir una petita obertura a l'extrem de la paret llisa.

Hi vaig ficar el cap amb cautela i de seguida vaig comprendre que l'havia encertat de ple! Va ser bufar i fer ampolles per als meus amics enfilar-se fins allà (bé, és clar, sense comptar el Leo...) i ficar-se en el cau de sota (sense comptar el Leo, és clar...).

Així que la potentíssima llanterna del Leo va il·luminar l'espai vam quedar bocabadats: aquella sí que era una gruta enorme! L'aire era estranyament tebi i se sentia un xiulet intermitent, que cada cop s'apropava més. «Que curiós», vaig pensar. «És ben bé com aquell de la Gruta dels Esbufecs».

Aleshores els meus pensaments es van veure interromputs per un rugit esgarrifós, seguit d'una tos cavernosa i, sense entendre com, ens vam trobar cara a cara amb l'ésser més aterridor que havia vist mai!

Garratibat de por, el Leo tenia la llanterna enfocada cap a la bestiota, cosa que l'obligava a tenir els ulls mig clucs i això ens permetia observar-lo millor. S'assemblava en tot i per tot al cadell (que mentrestant s'havia esmunyit de la falda de la Rebecca i s'havia atansat a la bestiota), però amb la diferència que era cinquanta vegades més gros i més fàcil de reconèixer.

De fet, tots el vam reconèixer, però només el Leo va tenir el coratge de dir entre plors la veritat:

—Ai, mareta meva, però si això és un DRA... DRAC!

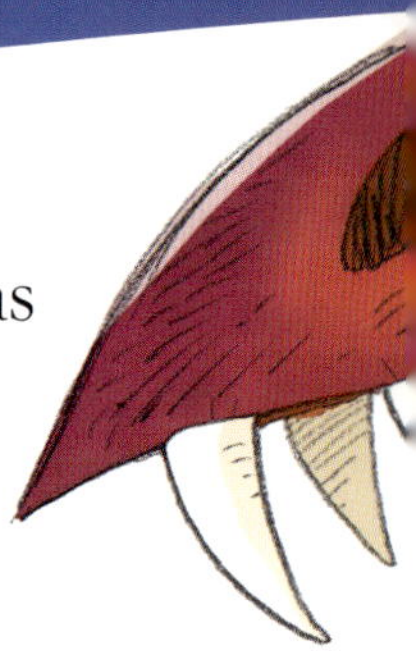

La Rebecca, però, no va recular ni un pas i li va parlar amb veu tranquil·la:

—Que no veus que t'hem dut el teu menut? No estàs contenta?

Contenta? És clar que sí! Perquè aquell drac era en realitat una «draga», és a dir una femella, una mama! Com és que no hi havia caigut abans?

Aleshores va passar una cosa sorprenent. El cadell va tornar cap a la Rebecca i se li va enfilar als braços. La mama drac va deixar anar una mena de remucs empipats. Però la Rebecca va somriure i, com a tota resposta, es va posar a acariciar-li el morro com si fos un animal domèstic. Després d'un moment de dubte, la mama drac va aclucar els ulls i va fer uns ronquets de satisfacció. Estàvem salvats! El Martin i jo ens vam abraçar. El Leo va preferir desmaiar-se, mentre que la Rebecca es va limitar a dir:

LA BOSSA O LA VIDA!

Ara sí que havíem begut oli! Només es tractava de saber qui de nosaltres seria el primer que rostiria!

De fet, era evident que el cadell que havíem salvat era el seu fillet i que l'incendi al bosc havia sigut obra d'aquella bestiota, que estava enfurismada per haver perdut el seu propi fill.

La bestiota avançava amenaçadora cap a la Rebecca, amb aquells ulls de rèptil que eren com dues escletxes, i un aspecte que feia posar la pell de gallina...

La Rebecca, però, no va recular ni un pas i li va parlar amb veu tranquil·la:

—Que no veus que t'hem dut el teu menut? No estàs contenta?

Contenta? És clar que sí! Perquè aquell drac era en realitat una «draga», és a dir una femella, una mama! Com és que no hi havia caigut abans?

Aleshores va passar una cosa sorprenent. El cadell va tornar cap a la Rebecca i se li va enfilar als braços. La mama drac va deixar anar una mena de remucs empipats. Però la Rebecca va somriure i, com a tota resposta, es va posar a acariciar-li el morro com si fos un animal domèstic. Després d'un moment de dubte, la mama drac va aclucar els ulls i va fer uns ronquets de satisfacció. Estàvem salvats! El Martin i jo ens vam abraçar. El Leo va preferir desmaiar-se, mentre que la Rebecca es va limitar a dir:

—Aquesta bestiota em preocupa. Us heu fixat que malament que respira?

I era veritat. Emetia un mena de xiulet feixuc. El meu pensament va tornar un cop més a la Gruta dels Esbufecs i a la manxa que l'alimentava. El so era pràcticament el mateix. Però com era possible?

—Sembla que tingui un atac... d'asma! —va dir amoïnat el Martin.

Com si el drac ho hagués entès, va obrir la boca de bat a bat, igual que si fos a cal metge.

—Guaiteu! —va exclamar la Rebecca (tranquil·la fins i tot davant aquella boca de pam i mig)—. Té una mena de bossa enganxada allà al fons. L'hi hauríem de treure!

I ja deveu endevinar a qui li va tocar aquesta feineta tan espantosa, oi? D'acord, és veritat que jo era l'únic que podia entrar volant allà dins, però estava aterrit! Quan vaig tornar a sortir amb aquella bossa a la mà em vaig desmaiar al costat del Leo.

Així que vaig tornar en si em vaig trobar amb els germans Silver, dalt de l'esquena del drac, que anàvem camí de la gruta.

El seu menut anava saltironant al nostre costat.

—On... on ens porta? —va preguntar el Leo—. Al seu rebost de carn fresca?

—No t'amoïnis, Leo —el va tranquil·litzar la Rebecca—. És amiga nostra!

Al fons de la gruta el drac es va ajupir per fernos baixar. A la paret del davant s'hi obrien tres grans forats que vaig reconèixer de seguida: eren iguals que aquells pels quals sortia el vapor de la Gruta dels Esbufecs! Pel sonar del meu avi! Però això volia dir que... No vaig tenir ni temps de concloure el meu pensament perquè el drac ens va empènyer delicadament cap a una quarta obertura que jo no havia vist fins aleshores.

—Però què fa? Que ens posa al forn? —va preguntar el Leo, encara esverat.

—Tingues confiança, Leo! —va insistir la Rebecca—. Ja t'he dit que som amics!

Ella va entrar l'última, però abans va abraçar la mama drac i el seu cadell, que potser no tornaria a veure. No vam tenir ni temps d'adaptar-nos a la foscor que un potent buf del drac ens va enviar pels aires! Ens vam tornar a trobar baixant com bojos per una mena de tobogan interminable, amb revolts i salts, fins que vam anar a petar a la piscina del balneari amb una esquitxada espectacular.

—Caram! —va exclamar el Leo—. Potser que torni allà dins i li demani que ens ho faci un altre cop!

Jo, però, havia de sortir de dubtes i, després d'espolsar-me l'aigua de les ales, em vaig dirigir

cap al passadís. Aleshores em vaig quedar enlluernat per uns llums que es van encendre de sobte, mentre una veu estrident em preguntava:

—Però es pot saber què hi fa un ratpenat a les meves termes a aquestes hores de la nit?

TOT VA BÉ... SI BUFA BÉ!

Tia Meredith! —va exclamar el Martin amb veu afectuosa—. Quina sorpresa!

—I jo que em pensava que així enganxaria els «sabotejadors» en plena malifeta! I qui ho havia de dir, que vosaltres...

—No, tieta, no, no és el que et penses —va provar de calmar-la el Martin—. Ara mateix t'ho explicarem tot!

—Les teves termes estan salvades! —va afegir la Rebecca, mentre s'escorria els llargs cabells pèl-rojos—. I precisament hauries de donar-ne les gràcies a aquest ratpenat. Oi, Bat?

—Bé, en realitat, això no ho sé encara —vaig respondre—. Ara mateix voldria sortir de dubtes...

Vosaltres sí que heu entès de què parlava, oi? És clar, de la Gruta dels Esbufecs! De fet, estava gairebé segur que es tractava dels «esbufecs del drac»! I estava convençut que aquells dos bergants també ho havien endevinat; no volien fer explotar les termes de Prescott, sinó desvelar l'existència del cau d'aquella enorme bestiota, just a sota les termes de la competència, per obligar-los a tancar-la.

Per això,

vam anar tots a la Gruta dels Esbufecs, la tia Meredith al davant, amb l'ajuda del Leo i el Martin (ella s'havia quedat de pasta de moniato quan havia sentit un ratpenat que parlava, i valia més fer-li cas).

Però quan es va adonar que tot tornava a ser com abans, es va asseure tremolant emocionada i va dir:

—No sé com us ho he fet, noiets, però us en dono les gràcies, gràcies de tot cor!

Nosaltres, els germans Silver i jo també ens vam emocionar en comprovar que aquell cau tornava a il·luminar-se de vermell amb l'alè de foc de la mama drac i tot s'omplia de vapor amb el seu esbufec, que ja no era asmàtic. Nosaltres érem els únics que coneixíem el secret de les termes de Prescott, i no el pensàvem revelar a ningú.

Vam demanar a la tia Meredith que no digués res als pares sobre aquell bany a la piscina «fora de l'horari», i quan l'endemà ells van saber que el balneari tornava a funcionar, es van posar molt contents. Als periodistes els va dir que es tractava d'una «avaria de les canonades». La notícia més curiosa ens la va llegir el senyor Silver a l'edició extraordinària de la Gaseta de Prescott:

—Escolteu bé, perquè aquesta sí que és bona —va dir rient—. Pel que sembla, el director de les termes Bonless i el seu secretari van anar a la policia amb la història que a les prestigioses termes Prescott, i en particular a la famosa Gruta dels Esbufecs, hi havia un gran animal que escopia foc, potser un drac, que vivia allà i que havia sigut el responsable de l'incendi del bosc de l'altre dia. Com a prova concloent van mostrar la seva roba socarrimada. La policia els va interrogar i al final els va arrestar com a sospitosos piròmans. Pel que sembla, a la butxaca del secretari hi van trobar un tros de metxa d'explosiu!

L'última nit ens van servir un sopar que era un autèntic banquet. El Leo va poder repetir de tot i quan la mateixa tia Meredith va portar les postres a taula, gairebé no podia creure el que veia:

—Aquí el tens! —va dir ella amb un somriure radiant—. Aquest és el famós pastís de maduixetes de bosc que havia promès al Leo, i així potser em perdonarà per totes les tortures a què l'he sotmès!

L'endemà vam marxar tots ben d'hora. Qui ens ho havia de dir que ens hauria sabut tant de greu abandonar Prescott i l'estimada tieta Meredith?

—Potser la veurem ben aviat! —va dir el senyor Silver mentre ens mostrava uns cartonets daurats.

—Què és això? —va preguntar el Martin.

—Un regalet de la meva cosina per a cadascun de nosaltres: una setmana gratuïta a les termes Prescott amb un programa «personalitzat»! Fins i tot ha pensat en el Bat! Diu que obrirà una secció de «benestar» per als animals de companyia dels clients. No està gens malament, aquesta idea, oi?

—I jo també tinc un programa «personalitzat»? —va preguntar el Leo desconfiat.

—Superpersonalitzat! —li va explicar el senyor Silver—. Gimnàs, sauna i, sobretot, una dieta fèrria! I a més, ens ha dit que ja podem començar aquest vespre mateix!

—I tant, George —va confirmar la senyora Silver—. Per sopar, arròs caldós i una pera al forn!

Els brams del Leo es van sentir per tot Prescott, però les nostres rialles, us ho puc assegurar, van arribar fins a Fogville!

Una salutació «socarrimada» del vostre amic,

Bat Pat

Estimats «amics del calfred»,

Si us ha agradat aquesta història tan «roent», segur que en voldreu més... Però, abans, em deixeu que us digui una cosa? Els grans no s'haurien de ficar en els jocs dels nens sense demanar permís. No us sembla? Entenguem-nos, amb això no vull dir que grans i petits no hagin de jugar plegats (només faltaria!), però si no es posen

d'acord abans, sempre hi ha el risc que la cosa acabi com el rosari de l'aurora.

Agafeu per exemple la «Nit de les Malifetes». Jo, abans d'aquest any, no hi havia participat mai. I vosaltres? Com dieu? Que ni tan sols sabeu de què es tracta?

Així doncs, potser val més que us ho comenci a explicar des del principi...

AMB RISC D'UN ATAC DE COR

Era el 30 d'octubre i a Fogville hi havia una boira tan espessa que es podia tallar amb ganivet (és una manera de parlar: no us deveu pas pensar que algú es menja la boira!). D'altra banda, el nom de la nostra estimada ciutat ja parla per si sol: «Fogville», en efecte, significa literalment «ciutat de la boira».

A mi em semblava que la millor manera de passar la tarda era estar penjat a les golfes fent una bona becaina amb roncs dels grossos mentre somiava en cels estelats on volar lliure i feliç!

En canvi, els germans Silver trobaven que era molt més divertit despertar-me amb un sobresalt tot apareixent de sobte al pis de dalt picant tapadores i cassoles! Us pregunteu per què? Bé, jo també els ho vaig preguntar així que vaig aconseguir recuperar-me i fer que paressin de riure.

—Però que no saps quin dia és avui, Bat? —em va preguntar el Leo, amb llàgrimes als ulls de tant riure.

—El dels atacs de cor gratuïts als ratpenats? —vaig respondre empipat.

—És possible que no hagis sentit parlar mai de la

«Nit de les Malifetes»? —em va preguntar la Rebeca, una mica sorpresa.

—No, en absolut. I en qualsevol cas, la malifeta ja l'heu fet. Esteu contents?

—Ei, perdona'ns —es va excusar el Martin—, però només era per fer-te una demostració del que passarà aquesta nit a Fogville i en tots els pobles de la contrada.

—Què vols dir?

—Vull dir que després de sopar tots els nens podran voltar pels carrers fent xivarri d'aquesta manera i no deixar que ningú dormi!

—Que diver, oi? —va riure el Leo—. He preparat una botzina d'aire comprimit que farà saltar pels aires! Vols sentir-la?

—No, gràcies. Però tot això, per què es fa? —vaig insistir, cada cop més estranyat.

—Perquè és la nit abans de Tots Sants, o Halloween, i els esperits dels morts comencen a voltar per les cases per fer saber que estan a punt de tornar!

—Així doncs, nosaltres, és a dir, vosaltres —vaig concloure—, representeu els esperits dels difunts?

—Exacte! —va dir rient el Leo—. I amb la boira ningú no serà capaç de reconèixer-nos. Serà una canya!

—Té —va afegir la Rebecca mentre em donava un cullerot i una tapadora—. Ja pots començar a entrenar-te!

El Leo em va mirar orgullós. Ara ja estava oficialment inscrit entre els participants.

XIVARRI I TERRABASTALL

Naturalment, part de la tradició era que els grans es prestessin al joc.

De quina manera? Sobretot fent com si no sabessin de què anava la cosa (a l'hora de sopar, els senyors Silver van parlar de tot menys d'allò). En segon lloc, anant-se'n al llit tranquil·lament després d'haver dit bona nit als fills, que al cap de poc tocarien el dos de casa (fins i tot em van venir a fer un petonet de bona nit a mi. Que tendres!). I després, fent veure que s'enrabiaven amb els que destorbaven la tranquil·litat nocturna amb aquell xivarri incívic (i amb això em vaig adonar que era molt difícil de distingir si els que es despertaven en plena nit cridaven i protestaven de debò o només ho feien veure).

Fos com fos, quan es va tractar de sortir al carrer jo era el que estava més espavilat de tots. Em vaig presentar vestit amb el meu conjunt tèrmic negre, el cullerot i la tapadora que m'havia proporcionat la Rebecca.

S'ha de dir que la fila que feien els germans Silver tampoc no estava gens malament: cadascun duia un munt de cassoles i tapadores penjats al coll i dues resistents culleres de fusta a la mà. Però el més estrafolari de tots, com sempre, era el Leo: a l'espatlla hi duia una bombona de submarinista que anava connectada a un enorme con metàl·lic fixat damunt del seu casc de ciclista.

—Hauria de fer un soroll entre la sirena d'un petrolier i el bramul d'un búfal americà! —ens va explicar satisfet.

Ja era mitjanit quan ens vam disposar a sortir pel carrer. El Leo fins i tot s'havia equipat d'unes ulleretes especials antiboira. I va fer santament, perquè així que vam ser fora vam anar a «petar» contra un impenetrable mur blanc (jo, per sort, sempre podia consultar el meu sonar).

—Vinga, que comencem! —va dir entre rialles el Leo mentre tocava la seva trompeta i ens eixordava a tots.

Tot voltant pels carrers de Fogville ens vam adonar que no érem els únics. Aquí i allà se sentien sonalls i espanta-sogres, tapes de cassoles que picaven sorollosament davant de les portes. Alguna finestra s'il·luminava i algú s'abocava a protestar; això feia morir de riure els menuts malfactors, que s'escapaven rient com bojos.

Nosaltres quatre ens havíem quedat en grup, sense allunyar-nos gaire del barri que ens coneixíem de memòria. D'entrada el Leo s'ho havia passat bomba amb la seva botzina bestial, però de mica en mica els veïns havien començat a reconèixer-lo i l'amenaçaven.

—Però com diantre s'ho fan per veure'm? —va preguntar sorprès.

—La veritat és que no et veuen —li va explicar el Martin—. Et coneixen. Qui més vols que s'hagi empescat una idea com aquesta?

El Leo ja estava a punt de contestar, però va callar de cop perquè del fons del carrer ens van arribar uns sorolls que no eren els típics de la «Nit de les Malifetes».

No calia tenir l'oïda d'un ratpenat per reconèixer els grinyols, el frec metàl·lic d'alguna cosa que s'arrossegava per terra, i tot plegat anava acompanyat d'uns planys llastimosos...

QUE EMPIPADOR QUE ÉS EL MAL DE CAP!

Gràcies a les seves ulleretes antiboira, el Leo va ser el primer a adonar-se que allò que s'apropava no podia ser una criatura.

Nosaltres ho vam entendre així que l'estrany personatge ens va aparèixer al davant: duia posada una feixuga armadura que grinyolava de manera horrible per culpa del rovell que la recobria. Al cap hi duia un casc ben estrafolari, abonyegat a més no poder, i dels canells i els turmells li penjaven unes llargues i pesants cadenes, ben rovellades, que

arrossegava amb una gran sorollada mentre es planyia a cada pas.

—Òndia, això sí que és una bona disfressa... —va murmurar el Leo, una mica acoquinat—. Però no és demà, Halloween?

A mesura que vèiem avançar amenaçadorament cap a nosaltres aquella inquietant aparició, ens vam arrambar a la casa que teníem més a la vora, com si volguéssim fer-nos invisibles. La finestra que hi havia sobre nostre es va obrir de bat a bat i una senyora, que ja es veia que estava desesperada de tant xivarri, s'hi va abocar per protestar.

Amb una ullada en va

tenir prou per veure la figura espectral, i tota pàllida es va retirar sense dir ni piu. Nosaltres també hauríem pogut fer el mateix (aprofitant el fet que l'home de l'armadura havia continuat carrer enllà), però amb els germans Silver ja se sap, és impossible evitar els embolics.

—Seguim-lo! —va xiuxiuejar el Martin, que s'havia enganxat al costat de la Rebecca—. M'agradaria saber qui és...

—Vosaltres aneu tirant —va replicar el Leo, blanc com el paper—. El Bat i jo us cobrirem les espatlles.

I així ho vam fer. L'home continuava amb pas feixuc, arrambant-se a les parets de les cases. De tant en tant s'agafava el casc amb les mans, brandava el cap i es planyia encara més fort, pronunciant paraules incomprensibles.

—Bat, tu pots sentir què diu? —em va demanar la Rebecca, que confiava en la meva oïda supersònica.

—Em penso que repeteix alguna cosa com: «Ai, el meu pobre cap!» —vaig respondre.

—Potser el casc li va petit ! —va aventurar el Leo—. Per què no se'l treu si li fa tant de mal?

Va ser com si l'home l'hagués sentit: va agafar el casc amb ràbia i, amb un crit salvatge, se'l va arrencar i es va quedar sense... CAP!

Què es pot fer en un cas així? Tocar el dos? O val més cridar com un boig? El Leo es va decantar per la segona opció. Però a aquell paio allò no li va agradar: es va girar enrabiat i ens va llançar el seu casquet de metall rovellat, que va rodolar fins als nostres peus...

El vam contemplar bocabadats: tenia la forma d'un cap de porc senglar.

—Que n'és, de mal educat! —li va cridar la Rebecca—. No li fa vergonya comportar-se així?

—La vergonya que m'ha caigut a sobre —li va respondre una veu cavernosa que semblava provenir del casc— recaurà finalment damunt del responsable d'aquest oprobi! Vés amb compte, maleït malfactor. Demà al vespre serà la desena vegada que em presentaré per reclamar allò que se'm deu. Ai de tu si no ets capaç de saldar els teus deutes! Et perseguiré fins a la fi dels teus dies, i és tan cert com que sóc l'últim hereu dels Sanglier!

A aquelles estranyes paraules va seguir un xiulet i del no-res va aparèixer un cavall transparent, blanc i magre. L'armadura sense cap va fer unes quantes passes, va recollir el casc de terra i se'l va col·locar de nou a sobre de les espatlles. Aleshores va saltar damunt la sella i va desaparèixer galopant entre la boira.

—Que fort! —va ser l'única cosa que va poder dir el Leo abans de desmaiar-se.

La Rebecca i jo ens vam mirar sense badar boca, mentre el Martin es fregava les ulleres, que havien quedat entelades just en aquell moment.

TAFANER SENSE REMEI

A hores d'ara ja ho sabeu tots, que quan al Martin se li entelen les ulleres tenim maldecaps a la vista, oi? Però per què anar-los a buscar, dic jo?

D'acord, la nit abans havíem tingut una topada una mica singular: una anècdota ideal per fer xalar els amics o un bon començament per a una historieta de terror.

Però per què obligar el pobre Leo a buscar informació sobre la família Sanglier?

I ja me'l teniu allà, el noiet, enganxat al PC

(amb mi a l'espatlla!), mentre els altres dos estaven escarxofats al llit i esperaven alguna coseta per ficar-se definitivament de cap en un bon embolic. El Leo i jo vam intentar d'evitar-ho com fos, però va ser inútil.

—«Sanglier: noble família d'origen francès» —va llegir el Leo a la pantalla—. «Les traces més antigues es remunten a fa més de mil anys. En plena edat mitjana».

—Per casualitat diu si n'hi ha algun descendent viu? —el va interrogar el Martin, mentre fullejava un vell llibre de contes d'Edgard Alan Pastetes.

—A Fogville no hi ha cap Sanglier —vaig respondre jo—. Per això em penso que valdria més deixar-ho córrer tot plegat i...

—Mira-ho pels voltants... —va insistir el

Martin, sense ni tan sols alçar el nas un segon del seu llibre.

—Cap Sanglier al nord, ni a l'est ni al sud —va replicar el Leo—. Puc apagar l'ordinador, ara?

—No, encara no —va insistir el Martin, resseguint l'índex del llibre amb el dit—. Encara no has provat a l'oest...

El Leo va teclejar rabiosament i així que van aparèixer els resultats va alçar els ulls al cel.

—Ho has trobat, oi? —va comentar el Martin, alçant per fi la mirada, amb una rialleta irritant.

—Sssí... —va remugar el germà—. Però tu com ho sabies, que eren en un castell?

—De fet, no ho sabia —va dir sorprès el Martin —. Deixa-m'ho veure...

A la pantalla del Leo hi apareixia la foto d'una casa feudal convertida en mansió, que semblava tenir uns orígens molts antics. I a sota hi havia l'adreça de la propietària: Miss Caroline Sanglier, Castle Street 33, Mallock.

—Anirem a fer petar la xerrada amb aquesta senyoreta —va anunciar el Martin.

—A quant queda Mallock d'aquí? —vaig preguntar esperançat.

—A menys de deu quilòmetres —va respondre el Leo, mentre tornava a consultar l'ordinador—. Per desgràcia, hi arriba l'autobús.

—Fantàstic! —va dir engrescat el Martin—. Ara l'únic que ens cal és una excusa per contactar amb aquesta Miss Caroline, i el permís dels pares.

—Podríem dir que hem de fer un article per a la revista de l'escola... —va suggerir la Rebecca.

—O si no, podríem dir que som uns tafaners sense remei... —va remugar el Leo.

—... i amb una notable tendència a complicar-nos la vida —vaig afegir jo.

—Endavant les atxes, nois! —va saltar el Martin mentre tornava a agafar el llibre que estava consultant—. No us ho prengueu així, penseu més aviat que es tracta d'una sortideta fora de la ciutat. I si us porteu bé, fins i tot us llegiré el conte que estava buscant. Què me'n dieu?

—Com es diu? —vaig preguntar malfiat.

—*El cavaller sense cap* —va dir entre rialles el Martin, mentre el Leo feia veure que vomitava.

SENGLARS DE XOCOLATA

La mentida de l'article per a la revista de l'escola va funcionar d'allò més bé, i els pares Silver ens van donar permís per anar a Mallock.

El Martin (que quan vol és un mestre de la diplomàcia!) va fer una trucada a la senyoreta Sanglier, que es va mostrar molt contenta de rebre'ns:

—Ningú no ve mai a veure'm —va respondre—. Us prepararé un bon pastís de xocolata!

Aquell detallet del pastís de xocolata va amorosir de seguida el remugaire del Leo. Pel que fa a mi, em vaig ficar a la motxilleta de la Rebecca, silenciós com sempre.

Quan vam baixar a la parada de Mallock només quedàvem nosaltres al bus. Nosaltres i la boira.

—Quin lloc més bufó... —va comentar el Leo—. La pena és que no es veu res de res.

El Martin ja estava dient:

—Bat, et faria res... —Però no va fer falta que acabés la frase: ja havia entès què volia d'un servidor.

És en aquests casos que es demostra la clara superioritat de nosaltres, els ratpenats, per damunt de vosaltres, els humans: un petit vol d'inspecció, dos impulsos del meu sonar i ja vaig tenir localitzada perfectament la silueta del vell castell.

—Cap aquí! —vaig cridar als meus amics.

Miss Caroline, una velleta petitona amb uns ulls molt vius, ja ens estava esperant a la porta-

lada, damunt de la qual lluïa l'emblema familiar: un escut amb el cap d'un senglar al bell mig.

—Benvinguts al castell dels Sanglier! —ens va saludar, mentre ens acollia al gran rebedor, on dues antigues armadures feien de severs sentinelles.

—No hi deu pas haver ningú aquí dins, oi? —va xiuxiuejar preocupat el Leo.

Per sort, la senyoreta Caroline no es va amoïnar gens ni mica quan la Rebecca em va presentar també a mi (havíem convingut, però, que jo no diria res!).

—Que bufó, aquest ratpenat! Quina monada! —va exclamar la velleta mentre m'acariciava amb tendresa—. Abans n'hi havia un munt, aquí, al castell. Però quan el meu avi el va transformar en la mansió que ara veieu, tots van marxar... Llàstima, perquè em feien companyia!

Quina doneta tan meravellosa! Ja em començava a caure molt bé.

Vam passar a la sala d'estar. Damunt de la llar,

on espetegava un bon foc, també hi havia l'emblema dels Sanglier, i a la taula parada ens esperava una tetera fumejant, galetes i un monumental pastís de xocolata.

—Si ho he entès bé —va preguntar Miss Caroline mentre ens servia el te—, esteu fent un treball de recerca per a la revista de l'escola, oi?

—Exactament —va confirmar-li el Martin—. Sap, a nosaltres el que ens interessa són les velles llegendes. I encara millor si tenen alguna cosa a veure amb espectres i fantasmes. Hem llegit que la vostra família té uns orígens molt antics i ens agradaria saber si ens en podria comentar alguna cosa...

—Ja ho entenc —va respondre ella—. Que et vindria de gust un tall de pastís, Leo?

—Sí, quatr... —(cop de colze de la Rebecca)—. Sí, amb molt de gust.

Miss Sanglier va asseure's de nou i va beure un glopet de te tota pensativa. Després va dir:

—Estic molt contenta que hàgiu vingut. Les velles històries ja no interessen a ningú, i els records de la meva família estan a punt de morir amb mi. Veniu. Us faré veure una mica la casa.

TAPIRS O TAPISSOS?

Va ser una visita fascinant. No només Miss Caroline coneixia cada racó i raconet del castell, sinó que recordava amb exactitud noms i esdeveniments del passat. Ens va fer visitar els antics estables, la sala d'armes, la biblioteca i, quan ens pensàvem que ja havíem acabat, va afegir:

—I ara ve la part més interessant: la torre!

Vam pujar per una escala de cargol, per la qual el «rodanxó» Leo una mica més i no passa, i vam arribar al capdamunt, ara cobert per una teulada.

Allà sota s'obria una gran sala quadrada, amb les parets plenes de tapissos bigarrats, amb escenes de caça i de batalles.

—Aquí hi ha representats els personatges més importants de la nostra família —ens va explicar Miss Caroline.

Després d'haver aclarit al Leo que els «tapissos» no eren un tipus de tapirs sinó unes teles decorades que antigament es penjaven a les pa-

rets com si fossin quadres, la nostra bona dona va continuar explicant-nos:

—Aquell és George Sanglier, que va participar en les croades amb el seguici de Ricard Cor de Lleó... I aquella és Guendolina Sanglier, mentre anava de caça. Pel que diuen, tenia una punteria infal·lible amb l'arc: és una mica còmic, això que un Sanglier anés a caçar senglars, no us sembla?

—Perdoni, per què ho diu? —va demanar ingènuament el Leo.

—Perquè sanglier en francès significa 'sen-

glar', fill meu! —va aclarir Miss Caroline sense immutar-se—. I d'aquí ve l'emblema de la nostra família i l'estranya armadura que es va fer construir Lord Archibald, que veieu aquí retratat.

Al centre d'un altre tapís hi havia, efectivament, un home a cavall amb l'espasa desembeinada: el seu casc era un cap de senglar! «Sons i ultrasons!», vaig pensar sense poder ni respirar. Però, a jutjar per les cares dels germans Silver, ells també havien reconegut el misteriós cavaller que havíem trobat la nit abans a Fogville.

—Que interessant! —va observar el Martin sense perdre l'aplom—. I què se'n sap, d'ell?

—Que va ser un jove molt dissortat! Voleu conèixer la seva llegenda? Em penso que us podria servir...

A mi m'encanten les velles històries, i Miss Caroline era una narradora de primera:

—Es diu que el pobre Archibald estava enamorat de la bonica filla del duc de Mallock, però que aquest s'oposava al casament i fins i tot li havia prohibit de veure'l. Per això, els dos enamorats s'havien de trobar en secret: cada vespre ell l'anava a veure, tot entrant d'amagat al castell del pare. Però una vegada, la nit de Tots Sants, per evitar els guàrdies que vigilaven el castell, es va amagar darrere de la petita cascada de l'antiga font

que brollava al jardí, i l'armadura que portava perquè no el reconeguessin es va mullar. Per desgràcia, el van descobrir de totes maneres, i el duc, malgrat els precs de la filla, el va fer tancar a la masmorra del castell, amb l'armadura encara posada, pobre noi! Al cap de tres dies, l'armadura estava ben rovellada i ja no va poder treure-se-la mai més!

—Quina història tan terrible... —va comentar el Martin mentre ens mirava amb cara triomfant: tot coincidia, fins i tot l'episodi de l'armadura rovellada! El Leo i jo, però, començàvem a sentir-nos una mica neguitosos.

—Des d'aleshores —va reprendre la senyoreta Caroline—, diuen que cada mig segle el seu fantasma reapareix a les nits en què es va consumar el tràgic esdeveniment, i va amunt i avall queixant-se del soroll que fa l'armadura rovellada, que li provoca un mal de cap insuportable. Però jo no hi crec gens, en aquestes coses, i vosaltres?

—I tant que no! —va respondre de seguida el Martin, mentre nosaltres érem allà bocabadats (el Leo fins i tot tenia un lleuger tic en un ull).

No calia ser un geni per comprendre que la nit abans havíem fet una xerradeta amb l'espectre de Lord Archibald Sanglier!

MULTIPLICACIONS PER A ZOMBIS

Vam prometre a Miss Caroline que la tornaríem a visitar i vam agafar l'autobús de tornada, que ens va dur de la boira de Mallock a la de Fogville.

Era la tarda del dia de Halloween i encara ens havíem de disfressar per a la gran festa de «llaminadura o brometa» (jo també hi participo, què us penseu? L'any passat em vaig disfressar de ratpenat vampir! Feia un cangueli dels grossos!).

Però el que ens amoïnava de debò era el que

havíem tot just descobert, i allò que ens esperava al cap de poques hores...

—Això sembla un funeral! —va comentar la senyora Silver a l'hora de sopar en veure'ns tan silenciosos—. Que ja us esteu ficant en el paper per a aquesta nit?

—Sí, mama —va respondre la Rebecca—. I si ens disculpes, ens anirem a canviar de seguida!

Un cop a l'habitació, però, entre maquillatges i perruques, la conversa entre nosaltres es va animar de seguida.

—En realitat ningú no ens obliga a anar-hi! —va provar de dir el Leo, mentre es feia una costura de zombi al coll—. Menjarem algunes llaminadures menys, però com a mínim encara serem vius!

—I haurem de deixar que aquell fantasma campi a la

seva pels carrers de Fogville, ara que coneixem la història? —el va mig renyar la Rebecca, que havia escollit una disfressa de bruixa, amb un nas horrible ple de berrugues i una escombra voladora.

—Però si té tant de mal de cap, per què no es pren una aspirina, en comptes d'anar amenaçant la gent, dic jo? —va insistir el Leo mentre es feia dues ulleres morades damunt la cara blanca de talc.

—És justament això el que se m'escapa —va rebatre el Martin, mentre es posava un elegantíssim frac de comte Dràcula—. Amb qui s'enfadava ahir a la nit?

—Parlava d'un deute que havia de cobrar... —vaig afegir jo, que amb una perruca pèl-roja i una dentadura de plàstic em feia por a mi mateix—. I deia que aquella era la desena vegada, però que seria l'última...

—Que no se li acudeixi de demanar-me diners a mi! —hi va ficar cullerada el Leo mentre es

posava unes botes militars enormes—. No tinc ni cinc!

—Un moment! —es va il·luminar el nostre «fenomen»—. Has dit la desena vegada, Bat?

—Ho he dit? —vaig provar de negar—. No me'n recordo...

—I Miss Caroline —va continuar el Martin— parlava d'una llegenda segons la qual el fantasma apareixia cada mig segle...

—Escolta, Martin, a mi les matemàtiques no m'han agradat mai —el va tallar el Leo—. Digues on vols anar a parar...

—Al fet que mig segle multiplicat per deu fan... CINC-CENTS! Aquesta nit fa exactament cinc-cents anys que el nostre fantasma apareix. No us sembla que ens hauríem d'esperar alguna cosa especial?

—Ah, ja, com per exemple una partideta de criquet amb el cap de l'espectre? —va preguntar el Leo, que ara ja estava fet un bon zombi.

—Això ho veurem aquesta nit. Esteu a punt? —va preguntar el comte Martin-Dràcula—. Sigui com sigui, serà un Halloween inoblidable.

AL GALOP ENMIG DE LA BOIRA

A mi m'encanta Halloween! Voleu saber per què?

Sobretot perquè és una cosa que passa de nit, quan nosaltres, «tenebrosos éssers alats» (que bo, això!), estem més fins. Després, perquè tothom em confon amb un ninot animat i, en comptes de cridar quan em veuen, es posen a riure i a fer-me tota mena de compliments, perquè semblo de debò. I per últim, perquè recollim un munt de llaminadures, i quan dic «un munt» vull dir exactament això.

Tant és així que aquell vespre el Leo duia un sac a l'espatlla per posar-les totes a dins!

—Vols dir que no exageres? —li va preguntar la Rebecca quan el va veure sortir.

—Així també podré guardar les vostres llaminadures —es va justificar—. I a més, tinc un parell d'accessoris que ens podrien ser molt útils en cas de trobar-nos amb... algun senglar amb mal de cap!

—Estem llestos? —va preguntar el Martin—. El primer que el vegi que avisi els altres.

Encara hi havia molta boira (tot i que una mica menys espessa) i no es veia el final del carrer. Vam començar a recórrer sistemàticament tots els carrers del barri, molt animats per la presència de tota mena de monstres que, com nosaltres, anaven a buscar llaminadures: esquelets, fantasmes, vampirs, mort vivents, bruixes i bruixots, homes llop...

Algú trucava a la porta d'una casa i es quedava esperant, o si no s'amagava i apareixia de sobte fent un bot així que s'obria la porta, i cridava la típica pregunta: «Llaminadura o brometa?».

I aleshores un munt de caramels, ossets de goma, xupa-xups, pega dolces, bombonets de xocolata i de tot i més, anava a parar al sac o a les mans dels nens, que esperaven amb gran delit i que després s'escapaven rient fins a la pròxima porta.

Però quan veien que el Leo obria aquell sac enorme, sovint hi havia gent que es quedava una mica parada.

—Ei, nano, deixa'n una mica per als altres, no et sembla? —el va renyar una senyora que havia sortit a l'entrada amb el cap ple de rul·los i la

cara empastifada d'una crema verda (com a monstre hauria quedat de primera...).

Però la generositat sempre prevalia per damunt de tot, i el Leo cada vegada caminava més ajupit sota el pes del botí.

Engrescats per aquell clima de festa, tots quatre gairebé havíem oblidat el motiu principal de la nostra presència a l'escena: aturar Lord Archibald i impedir-li que perjudiqués algú!

Però d'aquell pobre cavaller no se n'havia vist (o més ben dit, no se n'havia sentit) ni rastre, i alguns de nosaltres ja desesperàvem. «Qui viu esperant, vola rasant!», repetia la meva besàvia Aspasia, molt coneguda a la família pel seu pessimisme i per la seva proverbial distracció, que va fer que col·leccionés trenta-nou accidents de vol!

I si en el meu repertori acrobàtic no hi hagués hagut la «frenada sobtada», molt probablement jo també hauria xocat contra el cavaller, que va aparèixer de cop i volta d'entre la boira i em va barrar el pas des de dalt del cavall, llançat al galop cap a una meta desconeguda.

Quan vaig parar de girar com una baldufa, no sabia cap a quin costat havia tirat.

L'ARMA SECRETA DEL LEO

Per sort, el Martin sí que ho sabia i em va indicar la direcció justa i em va manar:

—Segueix-lo, Bat! No el perdis de vista!

Seguir-lo? Aviat està dit, això. Primer de tot, aquell cavall semblava que tingués ales, i a més, un cangueli dels grossos em suggeria que em mantingués a una distància prudencial i que no l'estalonés ni poc ni massa. Però la meva lleialtat em va forçar a fer tot el que vaig poder, i al cap d'un parell de minuts ja l'havia atrapat. Per sort, el cavaller no se'n va adonar. Però, per desgràcia, el cavall sí. Ai, ai, això de l'instint animal! Va girar aquell musell esquelètic i així que em va veure (devia ser per culpa de la perruca

pèl-roja o de la dentadura de plàstic), va llançar un renill de terror i es va encabritar tant que va fer caure a terra el seu amo i va desaparèixer en la boira. Pel sonar del meu avi! M'ho hauria esperat tot menys espantar algú!

El cavaller es va alçar feixugament, amb un terrabastall de ferro vell, i es va queixar furiosament per aquesta caiguda inesperada. Després, per desgràcia, em va veure i la va agafar amb mi:

—Com t'atreveixes, ocellot horrorós i deforme, a interrompre el curs del destí? Que no saps que aquesta és l'última nit? La nit en què totes les meves sofrences obtindran justícia i reparació?

No sabia si respondre-li o tocar el dos, però ell em va treure de dubtes quan va desembeinar l'espasa i em va perseguir amb la intenció de tallar-me com si fos un pernil!

Vaig canviar immediatament de direcció, mentre aquell home em perseguia entre grinyols i brams espantosos i m'amenaçava a cops d'espasa. Us ho podeu creure? Vaig tenir temps d'adonar-me que l'espasa era l'única part de metall que no estava rovellada!

Ja l'havia gairebé despistat, quan vaig veure que venien cap a mi el comte Dràcula, un zombi una mica rodanxó i una bruixa molt bufona amb la seva escombra voladora: bé, vaja, els tres germans Silver!

—Atureu-vos! —els vaig cridar—. Per aquí no! Que arriba el nostre «home de llauna» i no porta gaires bones intencions!

No vaig haver d'afegir res més, perquè el cavaller ja havia aparegut, amb l'espasa a la mà, i

tot aquell terrabastall de crits i grinyols estridents.

Em penso que hauríem acabat malament si no hagués estat pel Leo, que va tenir el coratge de treure's de la motxilla un dels seus ginys «antisenglar»: una terrible... batedora!

Així que el vam veure, ens vam quedar de pedra, però quan el va engegar (anava amb piles, és clar!) vam comprendre que el nostre amic havia tingut una idea genial: unes bales de ferro lligades a les fulles de la batedora petaven entre elles i feien un soroll infernal!

Què hi podia haver de pitjor per a algú que feia centenars d'anys que patia migranya? L'espectre es va quedar clavat en sec, va embeinar l'espasa i es va agafar el cap amb les mans cridant de dolor! Pobret, feia pena de veure!

Com si no n'hi hagués prou amb allò, grups de nens es van apropar al cavaller i l'observaven incrèduls. Quan es va arrencar el casc del cos i es va quedar «decapitat», hi va haver un segon de silenci i després uns aplaudiments clamorosos, que van fer escapar el nostre heroi cames ajudeu-me! Els altres nens es van dispersar rient. Nosaltres vam reprendre la persecució.

UNA LLAMINADURA... O T'AFAITO?

El vam trobar més enllà, tot seguint el soroll de les cadenes, mentre avançava i repetia sense parar el seu plany:

—El cap, el meu pobre cap!

El cap que, per cert, ja tornava a ser al seu lloc. Va mirar al seu voltant, com si busqués alguna cosa... Després es va apropar a un arbre vell que hi havia al jardinet d'una casa i en va acariciar l'escorça, passant la mà a través del reixat:

—Estimat vell roure! —va mussitar—.

T'has quedat aquí durant tots aquests anys per mostrar-me el camí...

Va tombar cap a l'esquerra i va desaparèixer en la boira.

—Però de quin camí estava parlant? —va preguntar la Rebecca mentre s'apropava al roure.

—A mi no m'agrada gens, gens ni mica, aquell «cap buit»! —va protestar el Leo—. No podríem tornar-nos-en a buscar llaminadures?

—Leo, que no entens que aquell paio podria ser perillós? L'hem de seguir per veure quina una en porta de cap...

—Sí, però si no hagués sigut per la meva «batedora acústica» a hores d'ara ja ens hauria fet xixines!

—És veritat, ens has salvat d'una de bona. Ara no et deus voler fer enrere, oi?

Vam seguir el rastre del cavaller, sempre a una distància prudencial. Un parell més de voltes i ens vam trobar en un carrer que coneixíem la mar de bé.

—Però si aquest és el nostre carrer! —va exclamar el Leo—. Què dimonis hi ve a fer al carrer Divendres?

Ara l'alarma es llegia prou bé en les cares del Martin i de la Rebecca.

—Apropem-nos-hi una mica més —va xiuxiuejar ell—. Sense que ens vegi...

L'alarma es va convertir en pànic quan vam veure que pujava els tres graons de l'entrada i que trucava a la porta de... CASA NOSTRA!

Sons i ultrasons! Però què tenia a veure Lord Archibald Sanglier amb la família Silver?

Vaig veure com el Martin carburava a cent per hora per trobar una solució, mentre el Leo tornava a agafar la batedora i s'adonava que se li havien acabat les piles. La Rebecca va tancar els punys i, coneixent-la, sabia que estava a punt de llançar-se damunt l'home de les cadenes sense pensar-s'ho dues vegades. Ho havia d'evitar com fos i necessitava una idea immediatament!

Del 13 del carrer Divendres, mentrestant, va venir l'alegre resposta de la senyora Silver, que no podia ni imaginar-se el que l'esperava a fora:

—Ah, sí, un momentet! No cal trucar tan fort,

menuts! Vaig a buscar les llaminadures i vinc de seguida!

El cavaller, com a tota resposta, va agitar rabiosament les cadenes i va desembeinar la brillant espasa amb els guants rovellats.

Semblava disposat a tornar a actuar.

FANTASMES AL GARATGE

Jo no sabria dir-vos com funciona exactament (em penso que es tracta d'una refinada habilitat que la nostra «espècie superior» ha desenvolupat durant milions d'anys), però en certes ocasions un ratpenat és capaç de fer un càlcul perfecte dels temps en una fracció de segon. I va ser justament el que em va passar en aquell cas, gairebé sense adonar-me'n.

Vet aquí el compte precís perquè el pugueu analitzar amb tota la calma del món:

Trajecte entrada-cuina de la senyora Silver (per agafar les llaminadures)	8 segons +
Trajecte invers (cuina-entrada)	8 segons +
Obertura de la porta i reacció d'espant	4 segons =
TOTAL de temps a disposició:	20 segons =

El meu trajecte (en vol) carrer-porta d'entrada	10 segons +
Maniobra per distreure el cavaller:	4 segons +
Número acrobàtic (encara no establert):	5 segons =
TOTAL del temps d'execució:	19 segons =

Tenia un segon d'avantatge respecte a Lord Archibald!

Però, com deia sempre el meu tiet Papa Figa: «Viu el temps a ple pulmó, i no acabaràs dins del sarró!».

Em vaig llançar com un llamp sense pensar-m'hi. Deu segons després començava a girar al

voltant del cap del cavaller, que va intentar ben bé dues vegades tallar-me amb l'espasa. Per sort, el meu sonar em va avisar puntualment abans que em toqués la fulla. Mentrestant, vaig sentir la veu de la senyora Silver que cridava des de dins de casa:

—Ja vinc! Ja vinc!

No hi havia temps! Vaig fer el cor fort, vaig volar pel darrere del fantasma i em vaig llançar amb els peus junts contra la part interior dels seus genolls: és un cop prohibit d'autodefensa, conegut com «la patacada al genoll», que m'havia ensenyat el meu cosí Ala Mosca, membre de la patrulla de vol acrobàtic.

Va funcionar a la perfecció: l'espectre va perdre l'equilibri i el casc va saltar i va anar a petar al mig del carrer, just en el moment en què la senyora Silver obria somrient la porta de casa amb una safata plena de llaminadures.

—Ai, pobret! —va dir veient com el personatge de l'armadura s'alçava de terra—. Que t'has fet mal?

Però l'home li va donar l'esquena i es va posar a perseguir-me un altre cop (no sé pas com s'ho feia per veure'm sense cap!).

—Ei, maco! —va cridar la senyora Silver, que havia recollit el casc de terra—. Vine, torna, que t'has deixat un tros de l'armadura!

Però el cavaller ja havia tombat la cantonada de la casa i havia arribat a la part del darrere, on el Martin, el Leo i la Rebecca l'esperaven amb la porta del garatge oberta, a punt per enxampar-lo.

—Per aquí, Bat! —em va cridar la Rebecca—. Afanya't!

Així que Lord Archibald i jo hi vam entrar, el Martin va abaixar la porta basculant, mentre que el Leo ja havia tret el segon giny salvavides que duia a la motxilla.

MÀGIA PER A MOTORS DIÈSEL

Una pistola d'aire comprimit carregada de sorra!

Què hi podia haver de millor per fer malbé les juntures de l'armadura rovellada i alentir encara més els moviments del fantasma? Per desgràcia, però, el Leo no havia tingut en compte que el cavaller, quan va veure's atrapat a la gàbia, es va posar fet una fúria i va començar a brandar l'espasa amb totes dues mans, clavant cops a tort i a dret.

Amb el primer cop va tallar per la meitat l'arma del Leo, i a ell el va deixar sencer de miracle!

Encongits en el racó més fosc, els germans Silver i jo assistíem impotents i aterrits a aquell atac de fúria incontrolada. El Leo, encara sota el xoc, somicava fluixet, mentre que el meu sonar s'havia espatllat, una mica per la por tremenda, i una mica perquè els cops d'espasa del cavaller eren cada vegada més seguits, i un parell de vegades va anar d'un pèl que no ens talla el nas...

Per sort, un d'aquells cops va encertar de ple un prestatge i tot el que hi havia al damunt va caure com una allau damunt del cavaller.

Durant uns instants va quedar immòbil sota aquell munt de coses, mentre al garatge ressonava el degoteig d'un líquid que li queia al damunt: cloc, cloc, cloc!

—Us sembla que ha passat a millor vida? —va preguntar el

Leo, sense tenir en compte de qui estava parlant.

—A mi em sembla que ha quedat sepultat sota els pots de pintura del papa... —va aventurar la Rebecca.

—Llàstima que les pintures no són allà —va replicar el Leo—. En aquell prestatge hi havia els accessoris per al cotxe: bugies, anticongelant, oli de recanvi...

—Has dit «oli de recanvi»? —va preguntar el Martin, mentre Lord Archibald emergia lentament d'aquella pila d'objectes que l'havien sepultat.

A jutjar pel color de l'armadura, vam adonarnos que anava xop de cap... o més ben dit... d'espatlles a peus. A la mà hi duia una grossa llauna gotejant amb un forat al fons. En aquell moment, la porta basculant es va obrir i algú va encendre el llum: la senyora Silver va entrar al garatge, amb les llaminadures en una mà i el casc del fantasma a l'altra:

—Escolteu, nois, es pot saber què passa aquí? —va preguntar, mentre contemplava el cavaller xop—. Ai, pobret! Has ensopegat? Em penso que això és teu: té! —va afegir acostant-se-li i allargant-li el casc abonyegat en forma de senglar.

Sons i ultrasons! Un calfred glaçat em va córrer fins a la cua!

Estava a punt de deixar anar un crit d'alarma, quan el Martin em va fer un signe perquè m'esperés: Lord Archibald estava reaccionant d'una manera totalment inesperada.

Va embeinar l'espasa i va saludar la senyora amb un gest molt educat. I el més increïble és que en tota aquesta estona no s'havia sentit ni un grinyol! Com era possible?

—Oooh —va exclamar ella entre rialles—. Per ser un vailet, ets molt educat!

Després, el cavaller se li va atansar, va agafar el casc i hi va deixar caure al damunt algunes gotes de la llauna, i se'l va col·locar de

nou entre les espatlles, amb una gran naturalitat.

—Mai no havia vist una disfressa tan original! —va comentar la senyora Silver, mentre nosaltres assistíem a l'escena garratibats de por—. Au, vinga, agafa una llaminadura, que te l'has ben guanyat!

Aleshores, Lord Archibald li va adreçar aquestes paraules:

—El meu mèrit no és res comparat amb el que m'ha succeït a la vostra mansió. No sé quin ungüent miraculós contenia aquesta ampolla màgica, però això, després de mil llarguíssims anys, és el que ha guarit el meu cos de metall i el meu cap adolorit!

La senyora Silver es va quedar bocabadada en sentir aquelles paraules; ella, igual que nosaltres, tampoc no havia entès gaire cosa:

—Caram, nano, jo diria que t'hauries de dedicar al teatre! Tens molt de talent.

L'armadura es va sacsejar lleugerament. El cavaller es va apropar una passa més, va deixar la llauna foradada a terra, i després d'haver pres un grapat de caramels de la safata, va afegir:

—Digueu a Ferdinand Rustproof que el perdono, ara que he retrobat la pau!

Aleshores la va saludar amb un bes a la mà i es va allunyar boira enllà. Poc després vam sentir un xiulet i el soroll dels cascos del cavall que s'allunyava al galop.

—Realment simpàtic! —va exclamar Elisabeth Silver, tot girant-se cap a nosaltres—. És amic vostre?

El Martin no va contestar. Ens estava mostrant l'etiqueta de «l'ampolla màgica»:

OLI MULTIGRAU
PER A MOTORS DIÈSEL

ELS SECRETS DE CALS SILVER

La gent amb el cap ben plantat damunt les espatlles (molt apropiat, oi?) hauria considerat la història acabada d'una vegada per totes: un fantasma desesperat que havia retrobat la pau i que no tornaria a aparèixer per molestar ningú més.

Però no oblideu que estem parlant dels germans Silver: des d'aquell vespre la idea fixa del Martin (i he de dir que de la Rebecca també) era la de trobar una resposta a l'última part de l'enigma.

Ja sabeu de què parlo, oi? Justa la fusta! Qui era aquell Ferdinand Rustproof a qui Lord Archibald havia concedit el perdó?

Per desgràcia, aquest cop no hi havia Internet que valgués. Entre les guies telefòniques de Fogville i els voltants no vam trobar cap família Rustproof i ni tan sols a les principals enciclopèdies en línia o als webs de les universitats més importants.

—I si tornéssim a preguntar-ho a Miss Caroline? —va suggerir el Leo—. En realitat em sembla que li faria gràcia conèixer l'èxit del nostre article, i a mi no em faria res tornar a tastar el seu magnífic pastís de xocolata...

Una mirada de complicitat entre nosaltres, i la proposta del Leo va ser aprovada per unanimitat.

El Martin va ser l'encarregat de telefonar a la simpatiquíssima senyoreta, i la Rebecca va obtenir un altre permís dels pares.

Aquella tarda no hi havia boira. Un pàl·lid sol de tardor il·luminava els verds voltants de Fogville. Mallock va aparèixer com la tranquil·la zona residencial que era, presidida per la robusta torre de l'antic castell dels Sanglier.

—Caram, caram, quina sorpresa! —va exclamar alegre Miss Caroline—. No em pensava que us tornaria a veure tan aviat! Quin bon vent us porta? Que potser heu d'escriure un altre article?

—No —va respondre seriosament el Martin—. Li volem explicar com ha acabat el fantasma de Lord Archibald...

La senyoreta Sanglier va canviar de cara però sense immutar-se i ens va fer instal·lar en el confortable saló, on ens esperava aquella festassa de dolços i galetes, i un pastís de xocolata que feia caure d'esquena, més gros que el de la primera vegada (és clar, després d'haver conegut el Leo...).

El Martin era l'encarregat d'explicar a Miss Caroline fil per randa les peripècies singulars d'aquells dies i, després d'haver-li revelat que allò de l'article havia sigut tan sols un pretext, li va narrar tot el que ens havia passat, fins que li va fer la fatídica pregunta:

—Abans de marxar, Lord Archibald va dir que perdonava un tal Ferdinand Rustproof. Vostè sap qui pot ser?

La velleta es va quedar capficada:

—Així doncs, no es tracta només d'una llegenda... —va dir en veu baixa. Després va alçar el cap orgullosa i va afegir:— Veniu amb mi. Us vull ensenyar una cosa.

La vam seguir fins a l'entrada, on hi havia les dues armadures que ja havíem vist la primera vegada. Miss Caroline va anar darrere d'una per buscar alguna cosa i un segon després va reclamar la nostra atenció sobre un punt de la cuirassa on hi havia marcades dues inicials: F. R.

—Aquestes són les inicials de Ferdinand Rustproof. El millor constructor d'armadures de l'Anglaterra de l'època. Va ser ell qui va fer totes les armadures dels Sanglier i també la de Lord Archibald. Els documents deien que les seves cuirasses eren absolutament inoxidables.

—Inox... què? —va preguntar el Leo, amb la boca plena del setè tall de pastís de xocolata.

—Significa que no es poden rovellar. Vet aquí el que va perdonar Lord Archibald ahir al vespre a Ferdinand Rustproof: que l'hagués enredat!

Aleshores va treure un vell llibre enquadernat en cuir titulat *Mapes històrics de la contrada de Fogville* i el va obrir per la pàgina d'un antic mapa de la nostra població en què hi havia marcats els monuments i els edificis més importants: l'església, l'ajuntament, la plaça del mercat, les quatre portes principals, els bancs, els tallers dels artesans i, en un carrer indicat molt clarament, el dibuix d'un gran roure i, una mica més enllà, el taller del tal Rustproof, «mestre d'armes». El carrer no tenia nom, però la seva posició era inconfusible per a qualsevol que conegui una mica Fogville: el taller de l'armer, on es construïen les armadures que no s'havien de rovellar, es trobava més o menys en el punt on segles més tard es construiria... CASA NOSTRA!

UN FANTÀSTIC GUIA TURÍSTIC

Un cop revelat aquest últim misteri, totes les nostres peripècies van arribar per fi a una conclusió.

Per dir tota la veritat, hi va haver un altre petit episodi del qual no vam ni parlar a Miss Caroline. En una de les nits següents, mentre tots dormien tranquil·lament i jo m'estava a les golfes llegint *El cavaller sense cap* d'Edgard Allan Pastetes (que, per cert, era molt menys emocionant que la nostra aventura!), algú va trucar a la porta enèrgicament.

Hauria pogut sortir per la teulada i veure qui era, però una barreja de mandra i cangueli em va impedir fer-ho. Vaig baixar voleiant les escales i em vaig encreuar amb el senyor Silver que, visiblement sorprès, entrava a casa amb una espasa llarga i fulgurant a la mà, del mànec de la qual penjava un paperet rebregat:

Aquesta val més que us
la quedeu vosaltres.
A mi ja no em serveix.
Lord Archibald Sanglier.

Vaig sortir volant al carrer just en el moment en què algú s'allunyava al galop.

Nosaltres quatre vam fer l'orni, i així, l'espasa va acabar en mans de la policia que, un cop va localitzar els hereus, la va fer arribar a Miss Caroline.

Ningú s'hauria imaginat mai que a aquella velleta se li hauria acudit la idea més coratjosa i genial de la seva vida!

I és per això que fa dues setmanes que no sortim de casa. L'habitació dels germans Silver i les meves golfes s'han convertit en la redacció... d'una editorial! D'ençà que Miss Caroline ens va proposar de publicar plegats *L'autèntica història d'Archibald Sanglier, el cavaller rovellat*, no hem tingut ni un minut de calma. El Martin es passa tot el sant dia amb el nas enganxat a antics manuscrits que Miss Caroline li ha proporcionat, jo escric el text tan bé com puc i la Rebecca corregeix els esborranys i ho compagina a l'ordinador, afegint-hi imatges i fotos.

Tenim una editorial que sembla molt engrescada en el projecte, i si les coses van bé,

Miss Sanglier té previst ampliar-ho a tota la història dels Sanglier. És fortíssim, oi?

I el Leo? Voleu saber què fa, el Leo?

Bé, podríem dir que ell també ha trobat la manera de treure profit de la situació. Ha creat un lloc web de debò dedicat al castell de Mallock i s'ha ofert per fer de guia als turistes que vulguin visitar les antigues cambres i sentir la història de la família Sanglier. El millor és, naturalment, l'espasa original de Lord Archibald!

No acabeu d'entendre per quina raó fa tants esforços, el Leo? No ho endevineu? No, no sigueu malpensats: no és en absolut una qüestió de diners! Diguem que ell ja està content amb un pastís de xocolata a la setmana, i a Miss Caroline ja li sembla bé. Esperem, però, que no s'engreixi tant que al final no pugui passar per l'escala de cargol que puja a la torre.

Una salutació «cavalleresca» del vostre amic,

Bat Pat

RED@
ZIONE

ÍNDEX

BAT PAT

NO US PERDEU LES ALTRES AVENTURES...

1. EL TRESOR DEL CEMENTIRI
2. BRUIXES A MITJANIT
3. L'ÀVIA DE TUTANKAMON
4. EL PIRATA DENTDOR
5. EL MONSTRE DE LES CLAVEGUERES
6. EL VAMPIR BALLARÍ
7. EL MAMUT FREDOLIC
8. EL FANTASMA DEL DOCTOR PODRIT
9. ELS TROLS CAPARRUTS ES DESPERTEN
10. EL LLUNÀTIC HOME LLOP

BAT PAT

ESTIMATS «AMICS DEL CALFRED»,
SI US HEU MORT DE RIURE...
ENS VEUREM
A LA PRÒXIMA AVENTURA!

PROVA DE COMPRA
LES ESGARRIFOSES
AVENTURES DE
BAT PAT